gia Jingpin Yuedu

名家精品阅读

李国文 小说

李国文◎著

吉林出版集团/吉林文史出版社

一套批注式阅读的好书

李晓明

批注式阅读是我国传统的阅读方式之一。有些读者喜欢读书时在文中空白处写下自己独到的见解和感受，留下阅读时思考的痕迹，这样的阅读就是批注式阅读。

我国从古代开始就风行批注式阅读。俗称"春秋三传"的《左氏春秋传》、《春秋公羊传》、《春秋谷梁传》因对《春秋》的出色批注而出名，这三本批注式读本的出现，为《春秋》的广泛传播起了推波助澜的作用。汉魏时期，郦道元也因批注《水经》，而使他写的《水经注》名誉天下。东晋时期史学家裴松之批注的《三国志》，在查阅大量史料的基础上，以超过原文三倍的批注内容丰富了原书，使许多失载的史实得以保存。明清以来，小说盛行，批注之风日盛。如金圣叹批注《水浒传》，毛氏父子批注《三国演义》，张竹坡批注《金瓶梅》，脂砚斋批注《红楼梦》。这些优秀的批注笔记随同原著一起刊出，风行一时，成为其他读者再次阅读时的可贵借鉴，也成为文化界交流的重要方式之一。

近现代以来，批注式阅读仍然是伟人和有思想的文人读书的重要方式之一。毛泽东就有不动笔墨不读书的习惯。《毛泽东点评二十四史》对中国历史的研究和独到见解为世人所叹服。鲁迅先生也提出读书要眼到、口到、心到、手到、脑到。

国外的很多文学家和伟人也有批注式阅读的习惯。如列宁的《哲学笔记》就是由他读书时的批注和笔记汇编而成的马克思主义哲学的经典著作。

批注式阅读不应该只是文学家、史学家、哲学家的专利，它完全可以被普通的读者所掌握，成为一种值得提倡的阅读方式。当前，在中学广泛使用批注式阅读方式培养学生读书能力的，当首推东北师范大学附属中学。他们的具体做法是：全班同学同时阅读同一本书，每个人都在书旁的空白处写下自己的"书间笔痕"，在篇末写下"篇后悟语"。然后在全班的读书报告会上交流自己的感悟，写得最好的感悟文字作为全班的阅读心得在年级进行交流，再选出最好的感悟文字集结成书。东北师大附中在进行"语文教育民族化"的教改实验中，把批注式阅读的成果汇编成《启迪灵性的语文学习方式孙立权"批注式阅读"教例》，成为各校开展批注式阅读的范例。

批注式阅读的好处是显而易见的。

首先，批注式阅读培养了读者的思维能力。与一般的读书不同，批注式阅读强调读者对读物的思考和独到的见解。大师们写下了自己的作品，有了自己的话语权。作为读者的我们，也不能丧失自己的话语权，不能只是被动地阅读别人的作品。批注式阅读提倡读书时发表个人的独到见解，即所谓"一千个读者就有一千个哈姆雷特"。鲁迅先生在《读书杂谈》中提倡读书时"仍要自己思索，自己观察。倘只看书，便变成书橱"，诺贝尔文学奖获得者萧伯纳和德国哲学家叔本华也都告诫过读者，如果读书时只能看到别人的思想艺术，不用自己的头脑思索的话，实际上是把自己的脑子让给别人做跑马场。孔子曰"学而不思则罔"，讲的也是同样的道理。如果不想把自己变成只会吸收别人思想的书橱，或者让自己的头脑完全变成别人的跑马场，那么，就学习一下批注式阅读吧。

其次，批注式阅读培养了读者的写作能力。因为批注式阅读是一种不动笔墨不读书的阅读方法，它直接培养了读者的写作能力。尤其是每篇作品后面的"篇后悟语"，简直就是一篇完整的评论文章。读书时常常动笔把自己的点滴体会记录下来，坚持这样做，一定会在写作能力的培养上有巨大的收获。

再次，批注式阅读促使读者自觉扩大阅读的广度。在东北师大附中的批注式阅读教改实验中发现，同学们为了提高自己的批注水平，常常出现"以文解文"、"以诗解诗"的情况。即阅读一篇文章或一首诗时，引用同类作品进行解读，批注效果往往令人拍案称奇。在批注王维的《辋川闲居赠裴秀才迪》的"倚杖柴门外，临风听暮蝉"一句时，就有两名同学分别写到："颔联与王籍《入若耶溪》中'蝉噪林逾静，鸟鸣山更幽'有异曲同工之妙：用声响来反衬所在环境的静雅清幽。""这是'居高声播远，因是藉秋风'，与虞世南的'居高声自远，非是藉秋风'不同。"同学们为了写出自己的独到见解，查阅更多的同类作品，不仅提高了自己的批注水平，也扩大了知识面。

最后，批注式阅读为读者间的交流提供了平台。一般认为，读书只是个人的活动，与他人无关。但批注式阅读不同，它可以把批注的成果提供给别人，成为大家交流思想和见解的平台。像脂砚斋批注的《红楼梦》、金圣叹批注的《水浒传》等，对后世读者的启迪作用是有目共睹的。即使在中学生中进行的批注式阅读，也在全班、全年级乃至更大的范围内，提供了大家交流思想、发表不同见解的平台，这种同龄人之间的读书心得交流，是非常有益的。

我们出版的这套"名家精品阅读"与同类读物不同，它不仅向读者提供了优秀的文学作品，同时在每一页给读者留下了写批注式阅读心得的空间，使读者可以很方便地、随时写下自己的读书心得。如果几十年后，拿出本书看一看，你会惊喜地看到自己当年心灵成长的轨迹。

我们在每本书的前面精选了一篇作家的代表作进行批注式阅读，给大家提供一个样本。读者们也可以根据自己的喜好，从不同的角度进行批注。相信读者们一定会写出比范文更优秀的读书心得，让阅读成为一件非常快乐的事情。

2011 年 9 月于东北师范大学文学院

文坛蓊蓊郁郁的常青树

乔增辉

　　李国文，中国作家协会专业作家，1930 年 8 月 24 日生于上海。1949 年毕业于当时南京国立戏剧专科学校理论编剧专业（即中央戏剧学院前身）。然而，这位才华出众的年轻人并没有从事戏剧的道路，而是怀抱着崇高的理想，进入华北革命大学学习，并先后在天津铁路文工团、入朝中国人民解放军某部文工团、中国铁路总工会宣传部工作，然而，一篇发表在《人民文学》上的短篇小说《改选》导致他被打成右派，从此告别文坛。

　　1979 年，以小说《月食》重回文坛的李国文已经 49 岁"高龄"了，尽管从职业作家角度看，49 岁并不算大，但对于李国文而言，他中断已久的文学道路，此时才真正开始。而今，这位被誉为"一株蓊蓊郁郁的文坛常青树"和"文学获奖专业户"的耄耋老人，依旧笔耕不辍，迸发出惊人的创作生命力。

　　但是，"文革"是属于那一代人的记忆，尽管遭到种种不公和身心的折磨，但一旦能够走出阴霾，无疑是人生的一笔财富。因此，我们看到"文革"后迸发第二春的一大批作家，构成了至今仍令人怀念的 20 世纪 80 年代。在这一批至今仍然主导中国文学界的作家群中，李国文毫无疑问占据一席之地。不过，同那一时期大多数作家不同，李国文并不刻意追求创作手法和文体风格的先锋性，而是继续追寻着现实主义创作的道路，在反思文学上确立了自己的文坛地位，并获得首届茅盾文学奖。

李国文作品中最值得称道的一点，就是其对社会、历史的哲性思考。以基于对历史同现实的碰撞，融深刻的历史内涵和重大的现实矛盾于普通命运中，或悲或喜，并通过作品来引发读者的思索。《冬天里的春天》正是一部这样的著作。在写作手法上，作者也具有新意，他既未刻意模仿西方现代派的先锋手法，也没有采取中国古代章回体小说的样式，而是一种插叙方式，将回忆与现实交叉穿插，并在此基础上，将充满作家感情色彩的寓言蕴于人物的对话、独白中。在这种叙事手法下，人物的性格渐渐得到丰满，读者在寻谜探真的过程中也获得阅读快感，也体现了作者高超的艺术处理能力。

当然，李国文还有很多优秀的文学作品，尤其是短篇小说，影响较大，其公开发表的第一篇作品《改选》是"百花小说"的重要代表作，而新时期以来发表的《月食》、《危楼纪事》分别获得获全国第三、四届优秀短篇小说奖。小说《改选》围绕着一个工厂的工会委员会的改选进程，引出了工会老委员老郝的个人故事。工会委员郝魁山，一心一意为群众办事，受到群众拥戴，他在最后的改选中得票最多，但却当场受到刺激死去。作品触及到当时一些社会矛盾，但在当时的背景下，其反映的问题同政治立场"联系"起来，导致对作品本身的文学价值的忽视，实际上，《改选》是一部较为成功的批判现实主义作品，并为李国文后来的文学创作奠定了基调。《月食》是新时期文学中最早对党和人民关系进行反思，从社会批评转入自我批判，呼唤党性回归的作品之一，作品的主题是"寻找"，从表层看，小说讲述的是伊汝去寻找爱人妞妞，表现爱情的坚贞忠诚的故事，但作者在文本背后，是试图揭示党和群众关系的异变及其原因，正如毕竟所说："难道我们身上不正是丢掉了一些可宝贵的东西吗？""老坐小轿车，不接地气，就不容易听到人民的声音，就昏昏然。"在"文革"刚刚结束之后，当大多数人流于平反的欣喜并对社会开始批判时，李国文则将批判的视角转向"个人"，转向对历史的自我审视，自我反思，成为在当时少有的具有思想深度的优秀作品。

《月食》在艺术上也有着自己的追求。从总体上看，《月食》是属于现实主义格局的作品，但它显然突破了传统的某些写法，吸收了不少现代艺术技巧；同时，作品中那层浓郁的诗意，又分明得益于我国传统美学的滋养，其最值得称道的是在对中西艺术创作技巧的吸收运用上，作者并没有刻意模仿的痕迹，而是随手捏来，举重若轻，显示出高超的艺术创作能力和深厚的艺术修养，这一切使《月食》在它诞生的年代里呈现出令人耳目一新的艺术面貌。《危楼记事》是一系列中短篇小说的合集，《危楼记事》不再有之前李国文短篇小说具有的对现实冷峻的剖析，或是诗化的抒情，而是让人在那令人发笑的幽默感中去重温那逝去的梦幻般的狂悖的岁月。《危楼记事》之一，照作者在"小引"里提示的，是"一篇有关名与利的寓言体小说"，它通过危楼孤儿阿宝对于利的追求和乡下姑娘阿芳对于名的追求这一富于戏剧性的故事揭示了危楼居民的特质，也就是告诉我们："文革"十年中人们斗来斗去无非是为了"名"和"利"二字。危楼中的孤儿阿宝善良、老实，他在为乡下姑娘阿芳的户口和全民所有制的工作花掉所有的积蓄之后，却意外地发了横财，从一对买来准备修理的旧沙发中找到像砖头似的十万元钱之后，他又陷入极度的惶恐之中，甚至招来抄家之祸。只有当他从钱中解脱出来，办起了"美食家大饭店"，"为几十个待业青年忙着的时候"，才真正找到自己的生活位置。阿芳，由一个流落于街头准备自尽而被阿宝搭救的乡下姑娘，依靠阿宝的力量，进入城市，进入工厂，当了业余文工团的演员，由演"样板戏"中的夹皮沟的群众到唱常宝这个主角，最后又成为红得发紫的电影明星，她一直在追求着"名气"，为了"名气"，她可以出卖一切，以至于肉体，最后，只有同她的救命恩人"未婚夫"阿宝分手了事。《危楼记事》作品的出现，表明李国文作为一位成熟作家在艺术道路上做出的新尝试，当诗化的意蕴和对现实的反思成为其创作标签之后，李国文开始向喜剧化转向，以夸张、变形以至怪诞的手法，达到描述"文革"中的荒唐事、创造幽默感的目的，李国文小说语言一向老辣，充满机趣，《危楼记事》的语言又增添了幽默感，精练、机敏、俏皮、诙谐。而这一切，都基于李国文对现实的深刻思考，这种思考，也为后来李国文创作历史散文，点评历史人物，提供了保障。

除了文学创作，李国文也开始写一些随笔，这类创作20世纪80年代既已开始，而新世纪以来，成为其创作的主要方向。《大雅村言》《中国文人的非正常死亡》《中国文人的活法》《李国文读史》《李国文说唐》《文人遭遇皇帝》等作品，展现了作者深厚的人文素养，而这得益于作者几十年如一日的阅读习惯。李国文出身书香世家，自幼好读书，而这一习惯伴随其一生，当年参加抗美援朝，在战斗间隙也不忘翻阅刚出版的《契诃夫短篇小说集》。"文革"期间，他把《红楼梦》读得烂熟，并出版《楼外谈红》等著作。而20世纪70年代开始对《二十四史》、《资治通鉴》等史学著作的阅读，为其奠定了厚实的国学基底，为他近年来历史散文的创作提供了素材，加之文学家特有的感悟力，使得他的历史散文兼具可读性和思想性。

李国文至今笔耕不辍，而且在20世纪90年代后完成了从小说家到散文随笔大家的转型。可以说，从20世纪70年代末重返文坛到20世纪90年代开始的随笔散文创作，从年龄看，都是一般作家不再"折腾"的人生阶段了，但李国文凭借其深厚的学养和大胆的开拓精神，尤其是对中国现实的深切关注，为自己不囿于创作小圈子而奋斗着。他对时代脉搏的把握以及超然的人生态度，使得其作品不追求形式上的新与奇，而是内容上的充沛情感和理性思考，可以说，李国文是真正切实地站在中国土地上的作家，他属于人民，属于这个时代。

目录
contents

批注式阅读范例

改　选

按照工会法的规定，这一届工会委员会已经任满了，如果再不改选的话，除非工会法有了新的章程，否则再拖下去，会员也不能同意的。（1）于是委员们忙碌起来，工会主席起草一年来的工作总结，为了使这报告精彩生动，让人听了不打瞌睡、不溜号，他向各个委员提出了"两化一板"的要求。

"你们提供的材料是我报告的基础，工作概况要条理化，成绩要数字化，特别需要的是生动的样板。"

你也许没有听过"样板"这个怪字眼吧？它是流行在工会干部口头的时髦名词，含义和"典型"很相近，究竟典出何处？我请教过有四五十年工龄的老郝，他厌恶地皱起眉头："谁知这屁字眼打哪儿来的！许是协和语吧？"

委员们都在为"两化一板"着忙，本来冷落的厂工会，这时像停久了的钟摆，不知谁拨弄一下，滴答滴答地走动起来，显得少见的生气。（2）人们路过工会的窗口，都不禁探头张望，担心里边别要是出了什么事。"两化"倒是容易的，"一板"却为难了，委员们既没有艺术提炼的才能，又不像到人事科、劳动工

批注空间

（1）1956年，毛泽东提出"百家争鸣，百花齐放"的文艺方针，文艺思想十分活跃，纷纷折射现实，《改选》属于反对官僚主义作风的题材。

（2）官僚主义就是脱离群众、脱离实际。工会主席在要换届时，临时抱佛脚，想赢得百姓的支持，无异于哗众取宠，受到百姓的唾骂。

（3）异想天开，只能是痴人说梦，最终一场空，狼狈退场。此处为下文主席写不出发言稿和被老百姓撵下台作了铺垫，并形成鲜明对比。

（4）表现老郝是一位关心百姓，把百姓的事放在第一位的好官员。

（5）主席是一位自私自利，尸位素餐，一心只谋取官职的官员。

（6）说明工会已经很久没开会了，没为百姓做事了，只是到了要"下台"时方临阵磨枪。

（7）似电影的宣传片一样，剪裁的情节总给人以惊奇和跳跃的感觉。这里也是对主席的一种讽刺。

资科、厂长室、合理化委员会照抄材料和数字那么方便。但是主席却像产妇进入临产期那样，孩子没有出世，已经琢磨得出他的声音笑貌；他仿佛看到了在会员大会宣读这篇作品的结果，得到了全体会员的欢迎和信任，一致赞成他们继续连任下去。（3）

主席把委员们找来汇报"两化一板"材料，每个人的脸色都沉甸甸的，连通讯员也是愁眉不展，他瞪着一堆久已不用的脏茶杯发愁，一时怎能洗刷出来？这时主席发言了："来全了咱们就凑吧！咦？老郝哪？怎么又不见他？"

通讯员抢着回答："我通知他了，他说打发完死人就回来。"他巴不得主席说声找，那他拔腿飞跑，就可以丢下茶杯不管了。

"什么死人？"

"铆工车间的老吴头老死了。我们老郝给看的板子，选的地皮，这阵子正出大殡哪！主席，我去把他找来？"（4）

大概考虑到把出殡队伍的头脑、葬礼的主持人抽走的话，得罪了死者倒不用怕的，反正他也不会提意见了，冒犯了群众那可是划不来的，何况目前正是改选期间，于是通讯员只得低头冲洗茶杯去了。（5）

"同志们！要紧是样板！"他不满意委员们汇报的材料，"数字你们不给我，我也能搞到的。现在我这报告缺的是样板，难道我们工会委员会干了一年，没有一块样板？……"主席说得激昂慷慨，急得用手直弹桌子，爆起一阵尘土，呛得委员们直打喷嚏……（6）

大家一阵沉默……

"板子倒是有的，我看中一副好板子，娘的，就是不给我。"幸亏老郝讲这话时是在出殡队伍里，否定那得了"样板狂"的主席，一定会抓住他紧紧不放的。（7）

老郝挂了根拐棍，走在出殡队伍的前面，和他并排走着的，是死者的老伴，没有成年的儿子，和一些有着三四十年工龄的老头，他们头顶都秃光光的，步伐迟缓，神态庄严，震慑得瞧热闹的人屏神敛息。跟着是十六人的抬棺大队，二十来人的挖墓大队。这些老郝眼中的年轻人，额头也已皱纹累累，经过时间的磨炼，饱尝了生活的艰辛以后，性格稳定了，开始变得踏踏实实，步伐沉稳起来。他们的后面，是拖得很长的群众队伍，并不需要特别组织的，只要老郝带着头的，而且送的是一个善良的死者，人们就自觉地除下帽子，排到队伍里去。没有灵幡，没有花圈，没有旗帜，没有哀乐，只是默默行进中的送葬队伍，这对一个朴实的老工人来说，那是再合适不过的葬礼了。(8)

（8）这么一位忠诚、朴实、善良，受到人们爱戴的老工人去世，工会主席却不参加，而是"老郝"，两人的行为形成鲜明对比。

　　老郝轻声地回顾左右说："我在制材厂给他们一顿教训，老吴铆了一辈子铆钉，就连你这厂房架子也有他的心血，难道不该摊副好板子，他死活不给，这柏木的也是硬对付来的。"(9)

（9）老郝坚持正义，真心维护工友的利益。

　　到得墓地，墓穴早挖好了，吆喝着把棺材松绑轻轻放下去，开头几铲子土是由死者的亲人、老郝和老工友们填上的，随后那些年轻人才一拥而上，抡起那开动机器、挥铁锤的臂膀，一眨眼工夫从平地耸起新的坟山。老郝照例讲讲话结束葬礼，他的墓前演说从来没有准备过，而且永远讲得动听，甚至连死者的行状也不需特别记忆，他们共同生活了半辈子，熟悉得连手心纹路都清楚的。讲到最后，老郝叹了口气，惋惜地："唉！又死了一个好手艺人，老吴那双手可是宝贝啊！他拿起铆枪来，比姑娘用绣花针还灵巧。他铆过的活过上千年万载，也找不出半点儿毛病。可是眼下有些心盛的娃娃，昨天还穿着开裆裤呢，今天刚满师，就想爬到别人头上撒尿。"老郝用眼扫了那站在圈子外边的真正年轻人，他们几乎没有勇气正视老郝的眼光，都扭过头去。"学学这位死去的老爷子吧！他是

（10）善于教育年轻人，做人要踏踏实实，不可偷奸取滑。

（11）对于民众的苦难他看在眼里，落到实际上，是一位极其有亲切感的基层干部形象。

（12）老郝为人不仅善良，而且对朋友的情谊也是真诚的，看到老朋友的去世内心是十分衰痛的。

（13）老郝乐于助人。这一情节，说明了老郝在百姓中的地位，即使"婆娘"也是十分尊敬他的。

活到老，学到老，孩子们，这话不能错的。"(10)

他送那老伴和孤儿回家，在他们家用拐棍这儿点点，那儿戳戳，提出一连串儿的问题："米、面还存着多少？煤和劈柴还有没有？房子漏不漏？孩子上学多少学费？念书的出息怎样？……"那老伴哭哭啼啼地回答，孩子倒还镇静，给他娘补充着。

老郝看到最后说："好吧！将来让孩子进厂补个学徒，把他爹的手艺传下去。你嘛哭够了也就算了，人老了总得死，你我不免也要走这条道的。可是你活着，就得打活着的主意，好生把孩子教养成人，死鬼也就心安啦！"刚止住哭的老伴，这时又哽咽起来。走出门老郝回头说："煤眼看过不了冬，明天我着人给送来。"(11)

每逢他打发走一个老朋友，两腿就增加一两分不自在，翻过铁路道口，累得他差一点瘫痪了。(12)他记得工会找他开会；记起那头痛的"两化一板"："横竖也是迟到，他们能宽待我老头的。"他索性在路基旁坐下歇脚。

一个没脚虎的小孩，刚学会走路，他那蹒跚的脚步和这患风湿症的老人差不多，在向路基爬过来。这时虽然没有火车，老郝依然顾不得一切抢前抱了过来，任凭孩子挣扎哭喊，他也不放松一点，他气得骂道："娘的，这是谁家的孩子？要让火车碰伤轧坏，该到工会哭啦闹啦！"

一个婆娘听到声音喊着走来："谁欺侮我们家宝贝儿？"

"我，是我！"他愤愤地把孩子朝地上一顿，顿得孩子哇地哭了。要是别人，那婆娘性子早发作了；可是认出了是老郝，脸上堆笑："麻烦您老人家，给我们看孩子，谢谢您啦！"(13)

"哼！"他挥了挥拐棍："你这是什么做妈妈的？放孩子满处乱跑。现在我是浑身不得劲，要有力气，用这好好揍你一顿，就该知道怎么带孩子啦！"那婆娘在他背后伸了伸舌头，抱着孩子走开了。

等老郝赶到工会，会早就散了。只剩下主席一个人，埋头在写他那篇杰作，脸憋得通红，老郝也没敢打扰他，蹑手蹑脚地坐在旁边等待。他对于提起笔来，正在动脑筋做文章的人，永远怀着敬畏的心情，哪怕他的孙女伏在灯下做功课，他也喜欢在旁边静坐观看，和她同享创造的烦恼和愉快。可是主席这篇文章太难写了，他几乎在折磨自己：一会儿抓挠头发；一会儿拧自己的鼻子；一会儿咬钢笔杆；一会儿拍打脑袋，青筋暴起老高，最后把笔一扔呻吟地："嘻！样板，样板，没有样板甚么都完了！"(14)

（14）工会主席不仅没文化，还没水平。

老郝同情地叹了口气，主席转过身，惊讶得眼睛都吊到额头上去："老郝你怎么搞的？多少次工会开会，你也没有痛快地参加过，不是迟到就是早退；不是张三叫就是李四喊，你是工会的委员，还是大家的勤务员？"(15)

老郝怯生生地回答："我不是来了吗？"

"好！那就听听你的汇报，两化一板，要紧的是样板！"

（15）政府官员就是为人民服务的，可作为工会主席却说出这么无耻的话语，岂能不受到百姓的"诛讨"。

老郝抖抖索索地从大口袋里掏出个本子，污秽得跟抹布差不多，他颠三倒四地寻找，也找不到煞费苦心准备的"两化一板"，急得他两腮直哆嗦，偏偏那些滑腻的纸张不听话，在他手指头间滑来滑去。

"在哪儿？老郝！"主席斜着眼瞪他。

"这……这……我……"

主席真的动气了，委员们都存心来欺侮他似的，谁也没有给他找来合适的材料，老郝更是荒唐，连句话都说不上来，他正言厉色地说："老郝，你让我给会员报告什么？就报告你一年来送了几个死人？……"

"我干了什么，大伙也全一目了然，你要让我说，脑袋不管事了。嘻，这本子上我求人写着的，娘的，都给揣乱了……"

一个指挥偌大送葬队伍的头脑；讲话做事那么威风凛凛的人物，怎么在这个年龄比他儿子还小的人面前，变得软弱、衰老、可怜？老郝不是一下子把勇气全部挫折的。他虽然是个基层工会干部，但是几年来整个工会刮来刮去的风，可把这老汉刮糊涂了。(16)

起初他当工会主席，那份热心肠待人是极好的，亲昵地管他叫"我们老好"，开玩笑地称呼他是"老好子"。一切要都是这样顺顺当当就好了，然而不幸的事来临了。

……他捧着纸片，站在讲台上，结结巴巴地念着，动员参加反动会道门的工友赶快登记。这还是现在的主席，当时是工会干事草拟的文稿，哪怕最蹩脚的"公文程式"、"尺牍大全"，也要比这篇讲稿有感情、有血肉得多。老郝念了一长串前缀词句以后，本来文化不高的他，被这文字游戏搅得头昏脑涨，底下的词句没有来得及看清，嘴里竟滑出了这样的话，想收回也来不及了。

"同志们！嗯……我们，大家，一齐，参加，反动，道会——"会场里哄动起来，老郝站在嗡嗡的人群面前手足失措，他慌忙补充一句："嗳，嗳，我们大家，一齐参加，一贯道！"喧嚣声更大了，好久不能平息。

笑得最厉害的是青年男女，还有坐在主席台位置上的几个干部，好久，还捂着嘴偷偷地乐。

"嘻！两回我都把反对落掉了！照稿子念我是不行的。"老郝差点急出了眼泪。

"不行！你得检讨，这是政治上的原则错误，立场问题！"不久，老郝就改做副主席了。

"副主席也没啥！横竖我是个党员，什么工作也是党让我做的，怎么能挑肥拣瘦？"依旧是原来模样，整天马不停蹄地转着，除了有些顽皮的学徒，封了他一阵"点传师"，这些闲话也像露水见不得太阳似地云

（16）写出了工会主席和工会委员的懒散，这也作为在"反右"中被批判的理由，认为作者恶毒的把人民群众与党组织对立起来。

消雾散了。(17)

恰巧那年春天下起缠绵的梅雨，年久失修的老工房都漏了，只要天一放晴，老工房到处挂起湿了的被窝床褥，像一片五花斑驳的万国旗，耀人眼目。

房产科正在按计划给厂长、科长维修住宅，也不管工友们半夜里睡不好觉，大盆小罐地接雨水，结果弄得个个熬红了眼，上班也打不起精神来。

"老郝呢？他怎么不见啦？"

"不能躲起来的，这事他不管谁出头？"

老郝倒真的没躲，正在和房产科长磨嘴唇呢，他满身泥泞气鼓鼓地坐着等科长解决。科长埋在圈椅里："行了！你是工会干部，知道什么叫计划性？计划就是法律，厂长他也不能破坏。漏这点雨就受不了，解放前怎么过来的？那时候坍的坍、倒的倒，让大伙将就点吧！"

"亏你说得出口，你还是个党员哪！"老郝啪打啪打地走出去，一路在地板上留下了泥汤。他到处走遍，想尽了一切办法，最后逼得他只好打把洋伞，光着脚丫子，站在厂长家门口，和他讲道理。这回倒真的是脾气发作，气得他直哆嗦——

"别人要是拖着不管，我不生气。你是厂长，你不该这样对待！开会、研究、考虑！那得等到驴年马月！"

厂长站在门廊里，躲闪着刮来的风雨："老郝，你进来好好谈。"

"不，不，你不答应解决，我不进去也不走，老工房有多少户像我这样挨淋！"厂长软劝硬说不行，只得下命令维修工程停工，赶紧去老工房堵漏子，他才满意地走了。(18)

虽然他在党内受到批评，不应该这样对待领导；而且他挨了淋，风湿症又发作了，但他看到那么多笑脸，腿痛和批评就全不在乎了。腿总归好了，依然走

（17）老郝虽然没文化，但一直只想为工人们解决困难，做点实事，所以被免职后依然不影响他的积极性。同时也给了工会主席找茬的机会。

（18）老郝为了群众的利益，与厂长力争，不得到解决，他就淋雨等着厂长解决，表示的是老郝敢于与官僚主义斗争的，所以他的死不全是缺少斗争勇气所致的。

马灯似地忙着。

反对工会经济主义倾向的这阵风，千里迢迢地刮来了，风尾巴一扫，小磨房就陷在风雨飘摇的局面当中。这使老郝真的担惊受怕起来。每天上班前花上几文钱，喝上碗热豆浆，省得家里妻小清早起来忙活，这是老郝放在心里许久的想法。凑巧工厂附近的小磨房关张，他建议厂里盘下，并且花了点钱改建一下。"难道这就是经济主义？当初谁也没有反对。"老郝弄不通这点，独自纳闷。

小磨房开张的那些日子，热气腾腾的豆浆，大家喝得美滋滋的。工友们欢迎、干部们高兴、上级也夸赞。建立小磨房的功绩，工会自然得总结，青年团也写了一份，行政认为有责任跟着上报了，份份材料都写得天花乱坠，但哪份材料也没提到老郝的名字。他找材料修房，买牲口，请石匠锻磨这些事，都不知记到谁的账上去了，老郝无所谓地笑笑，只要大家有浆喝，根本就不去计较的。

然而风是刮来了。

"谁的经济主义？"在小磨房里有人探讨起来。一位曾经总结过小磨房，把它比作天仙妙境的人，拭去粘在嘴唇上的浆皮子："这得工会老郝负全责，都是他一人张罗。我早就看出不对头，既然能够搞小磨房，发展下去粉房、菜园子不也可以？"他很为自己能提高到"政策水平"认识问题，而扬扬自得。四周的工友惶惑地瞧着他，人们担心着别把小磨房封闭了，但是终于没有撤销，因为热浆不仅工友爱喝，就连那些"事后诸葛亮"们也并不讨厌的。现在的工会主席，那时的宣传委员代老郝写了篇检讨，也没征得他同意就给报上去，后来老郝给免去了副主席的职务，担任劳保委员，他很知足也很高兴："小磨房没关张这就行啦。我就是这样的材料，卖我的老命对付着干吧！"(19)

他上任第一件事，就是修建休养所，老郝忘记一

（19）老郝一心一意为群众做事，官职却一贬再贬，成为一名普通的基层干部，他的不识时务被降职，被批评、指责，而在群众中是受爱戴拥护的老好人形象。

切不愉快的事情，每天起早贪黑地干，寻工买料，勘测地皮，忙得不亦乐乎。他像泥瓦匠工头，浑身尘土仆仆，终于挑中了小树林的一块地方，那里靠厂子很近，原是旧社会打算给厂长盖洋房的，地基现成。人们路过那儿，停住脚："老好，这是干什么？"

"盖休养所，让大家享享福！"

"老好，你真好！"人们赞美着走开了，可他的心却沉浸在这种幸福里，他觉得为人们做这一件件好事，就越来越接近人们盼望的时代。他舒服，痛快，有力地挥舞镐头，远远看，他像是个壮实的年轻小伙。

现在的主席，那时已经是副主席了，正是少年得志的时候，玲珑剔透，仿佛每个细胞都在跳舞似的。在一次什么会议上，有位厂里的负责干部，认为把休养所盖在小树林，不若修在太阳沟好："那儿我去过一趟，风景美，空气好，真是有山有水……"我们这位主席最善于察言观色、领会上级意图的了，赶紧让老郝停工，到太阳沟另找新址。

老郝独自领着工友在这披荆斩棘，谁也不来过问，早预感到情况有些不妙。然而太阳沟的建议他却断然拒绝："不行，我想过，二十来里地，又在荒山里，太不方便。"

"真是难以贯彻领导意图！"主席暗地想着，然后说："每年夏天小伙子成群结队去玩，就说明那儿好，满山遍野的柿子树、枣树、梨树，还有草地，那太阳沟游起泳来多带劲！"

"不行！那儿闹狼！"还是不同意。

"嘿！工人阶级会怕狼？笑话！"他不想再和这顽固的老头说下去："这是组织决定，你就执行吧！"

休养所落成以后，特地先组织了干部去休养，还没有过三天，且不说往山里运送给养是何等困难，汽车开不进去，要用骡子往山腰驮；休养员原想在太阳沟里嬉水作乐，老乡们派出代表抗议，说这吃喝用水万万作践不得的；恐怖的是到了夜里，狼嗥声使人久久不能入睡，还要随时提防狼群的袭击。于是有人说自己健康完全恢复，无需耽误宝贵的床位，申请提前出所；也有人不怕狼而留下的，那些大抵是部队出身的干部，好久没有过枪瘾，趁此机会施展一下身手。

以后谁休养回来，就仿佛虎口脱生，人们都开玩笑地围上去祝贺："恭喜恭喜！活着回来了！"

当反对工会只抓生产，忽略生活的风刮来的时候，人们把老郝和休养所连在一起："为什么把休养所盖在深山里？"

"让我们修行出家？"

"叫我们喂狼？"

想不到干部也责备他："你是工会劳保委员，为什么不起监督作用？"七嘴八舌弄得老郝没法应付，一发急更是说不出个整句子，他成了把好事办坏的"样板"。不久工会改选，偏偏他没有落选，因为这底细不久就拆穿了，人们相信老郝绝不会办这"缺德"事。只好让他挂上个委员的名，不再给他什么具体分工，这可把老郝苦恼了些日子："我真是越干越寒心啦！"但是他在人们的心中得到温暖，大家越来越尊敬他、亲近他、信任他，在好多工友的心目中，老郝就是工会，工会就是老郝，有事都来找他，现在成了"不管部大臣"，倒显得比先前更忙，工会里整天也见不到他的影子。(20)

经历了这可算坎坷的路程，他老了。背驼了，腰弯了，仅剩下的数茎头发，也如银丝般的白，但是他的心没有衰老，仍如先前那样激情澎湃。不知为什么，碰上这些常常在当面或事后指责他的人，他就变得缄默、拘谨、甚至惶恐起来。

主席还在等待着他的答复，丝毫没有怜悯的心意，老郝低声地求着："明天不晚吧！豁出一夜不睡，也把

（20）插叙到此结束，补充了老郝的情况。他在全心全意为群众时，在工会的官职却一点点失去。但群众的眼睛是雪亮的，群众有目共睹，他受到了人们的尊敬与爱戴，人们亲切喊着"我们老郝"。

'两化一板'找到。"

主席沉吟了一会，点了点头："好吧！"老郝如同犯人听到释放似的，慌忙拄起拐棍准备回家，他的孙女早就在桌旁，等着爷爷帮她做功课了。但是未及跨出门槛，主席又叫住他："老郝同志，你等等，咱俩一路走，我有件事想和你谈谈。"这是头一回的新鲜事，他用戒备的眼光注视着主席的行动，预感到一场风暴到临了。

"老郝同志，本来想明天谈的，我想你是个党员，同事这么多年，我也知道你的性格，你喜欢痛痛快快——"

"你说吧！"

"随着形势发展，工会工作也需要向前走，老郝同志，你是老工会工作者了——"

老郝不耐烦地截断他："什么事尽管说好了，不用扯东扯西给我猜哑谜！"这种口吻使人想起当年老郝是主席，而现在的主席却是工会干事的时代。也许老郝的语气触怒了他，他用一种冷冷的调子说："这次候选人的名单，我们研究以后，决定不提你了。明天晚上选举，你的意见怎么样？"

"把我给免了，你们？"

从他的脸上，老郝看到他嘴里没说出的话："你老了，不中用了，该退休啦！别挡着别人的路，别不识时务弄个更难堪的下场。"他两条腿仿佛是借来似的，不听他支配，好容易挣扎到了家，刚推开门，瘫痪无力的他，扑通倒在门槛上，小孙女恐惧地叫着："爷爷！爷爷！"他昏厥过去了。(21)

第二天他没有能进厂，汽笛声白白地吼了半天，他内心感到有些歉疚，这是他解放后头一回缺勤，那回雨淋患风湿症，他还坚持上班了。想到人不免要走去的道路，他居然颓唐起来，跟老伴讨了些烧酒，红着脸不好意思地抿了半盅，但是他放下了："怎么？想

（21）老郝为人善良，斗争性不强，所以他屡屡遭受欺压，他的"自我意识觉醒够"，身上明显带有中国农民的劣根性。

死了？不！不！"他挣扎起来，拄着拐棍，扶着孙女进厂去了。

"爷爷，你还能活多大？"

"起码也得一百岁，孩子！越活越甜啊！"他们走进厂子，走进礼堂。他抱着孙女在边门的角落里坐下，听主席正淋漓尽致地发挥高论。也许主席讲得太快了，只在人们耳朵里留下"板……板……板……"的声音。跟着是财务委员和经费审查委员的报告，那一连串数字，只是讲给麦克风听的，没有一个会员注意他讲的是千是万，既然你上台了，就得让你讲完罢了，我们的听众是最有礼貌的了，从来也不把蹩脚的演说者哄下台去。

神圣的选举开始了。

主席再一次征求对候选人名单的意见，顿时场内鸦雀无声，这是不妙的征兆，主席心里想："这名单在小组酝酿时，缺乏说服动员，看这劲头够呛。"

"同志们还有没有意见？"会场里的空气沉闷得令人窒息。"要没有意见，这名单就先用举手的方法通过了！"

"等一下！"一个瘦小枯干的老工友站起："为什么这回没有了我们老郝？"

坐在后边的老郝给震惊了一下。

主席连忙解释："随着新的工作开展——"

另一个粗鲁的声音打断他："直截了当说吧！老郝犯了什么错误？有人说该死的休养所是老郝盖的，可这馊主意不是他出的，我赌咒发誓，他原先打算盖在小树林的。"

主席台上交头接耳地议论。

小孙女觉得她爷爷在哆嗦，但是这激烈的场面吸引了她，她也顾不得了。(22)

主席走到台口，大声地讲话，这时全场像一堆干草着火似的，噼噼啪啪地到处冒火星。"同志们！同志

（22）这是老郝内心暴风雨来临前的征兆。老郝埋头为群众办事从没发过怵，但在官场"潜规则"面前他却无法去适应。

们！个别人的意见可以——"有人笔挺地举起手，主席让他发言。

"谁在漏雨的时候找人来修房子？谁整年马不停蹄地为别人忙着？谁在人家为难的时候伸过手来？是谁？像这样的人，不配做工会干部？"他愤愤地坐下，把椅子弄得轧轧响。

有人站起："老吴头死了，你去了吗？你还是主席！"这厉害的责询弄得主席怪狼狈的。

主席台上召开了临时委员会，会场里完全像开了锅的水，猛烈地翻滚起来，有人打开了窗子，透进了初春的寒风。

小孙女觉得她爷爷平静了，不过这会抱得她更紧些，使得她没法扭回头去看爷爷的脸……

主席走到脚灯前，摆手让大家安静，他几乎是喊叫："同志们！候选人名单不进行表决了，现在各车间来领选票，票已经印好了，同志们如果选郝魁山或别的同志，划掉其中任何一位……"(23)

会场里又是一番纷乱，红色的票箱抬到场子中间。

"郝字是赤字帮个耳朵，魁字是鬼帮个斗，山是山水的山……"扩音器也无济于事，从来也没有像今天这样热闹，人们也不愿离开，偏等看了选举结果才走。

选举计票人，选举监票人，又乱哄哄地喧嚣了一顿，被推选出来的人尴尬地走到票箱跟前，开始进行工作。

三千四百二十三张票。计算机从会计科取了来，噼里啪啦地摇着。扩音器里放着唱片，呜嗷呜嗷地听不清唱的是什么。

小孙女已经失去了兴趣，人们簇拥着走来走去，她倒在爷爷的怀里睡着了；那是靠边门幽暗的角落，谁也没有在意。

真是手忙脚乱，又添了五把算盘，算盘珠子跳动着，郝魁山的选票在往上升，二千九百、三千一百、

（23）群众的意愿颠覆了官场的游戏规则，老郝的付出得到了应有的回报，但政治脆弱的老郝，却经不起民主的冲击，精神上的压力他无法承受。

三千三百……三千四百零五。复核了一遍，计算机和算盘的数字完全符合，这消息不用扩音器，一眨眼全场每个角落都传遍了。

主席宣布选举结果："第一名郝魁山同志，得票数为三千四百零五，第二名……"没等他说完，雷动的掌声淹没了他的声音。

"安静！安静！"

谁也不听他的，掌声有节奏地响起，在后面的老郝，不知道是高兴还是痛苦，萎然地垂下了头。

"我们老郝哪？让他出来讲话……"

"静，静！"主席敲着话筒："静，静一下，同志们！今天这个会开得成功！请静一静，这是一次发扬民主的样板……"

"老郝在哪？老好！老好！他来了吗？"人们都四处搜寻。小孙女惊醒过来，用背顶着她的爷爷，她爷爷像睡熟了似的纹丝不动。

"爷爷！爷爷！"她挣脱了她爷爷的僵硬的胳膊，回头看见他两眼木呆呆地瞪着，发僵的嘴唇在流着口涎，她恐惧地大叫起来。

老郝死了！ （24）

他静静地在人群的声浪里死去的。

全场沉静下来，静得连窗帘簌簌的飘响都听得见，寒风带来了春的气息，人们饱饱地呼吸着，可想起了孜孜不息的老郝，脑海里波澜起伏，一个个眼睛都湿润了，虽然人们抑制着感情，怀念他的、感激他的人，都禁不住地唏嘘起来；就是那些对他抱愧的人，心头也是不很平静的。

按照工会法的规定，改选是在超过人数三分之二的会员中举行的。这次改选是有效的。新的工会委员会就要工作了。

（24）老郝本来对已不在意选举了，但会场的逆转，使得他防备不及。他一心为人们服务，却缺少自己的价值和尊严的意识，所以他应该是一位软弱的英雄，他的死是对社会主义政治权利意志无情的讽刺与抨击。

黄庆发　批

月　食

一

　　太行山的早霜，洒在岗峦上，洒在山林里，也洒在那刚收净庄稼的层层梯田中间。伊汝从车窗里望出去，这种很像盐池边泛碱的、白花花的肃杀秋色，使人感觉怪不舒服。要不是沿途柿树上挂着红灯似的柿子，和山坳里虽看不见人家，却袅袅上升的炊烟，简直没有一点生气。连在公路旁啮着草根，已经啃不出什么名堂的山羊，也呆呆地、毫无半点表情地注视着开过去的长途汽车。

　　伊汝有点后悔他这次鲁莽的旅行了，应该事先写封信或者拍封电报。可是，给谁呢？郭大娘也许不在人世了。

　　现在，当他乘坐的这辆长途汽车，愈来愈接近他要去的目的地，他的后悔也越来越强烈。不该来的，胡闹、任性、冒失，即使是什么实实在在的东西丢了，能够找回来的可能性也是微乎其微的，何况伊汝回到这块老根据地，来寻找那种纯属精神世界的东西呢？甚至当长途汽车到达 S 县城的时候，他也说不好，这种东西究竟是什么？除了那失去的爱情犹可捉摸之外，其他还有些混沌的东西，他能感觉到，但说不出来。

　　他站在汽车站门前的广场上，峭厉的山风，带着一股寒意，朝他脖领和袖口里钻进来，山区就是要冷一点，车把式都把老羊皮背心反穿上了。他朝他们走去，想问一问，有没有顺路去莲花池的，把他捎上。然而，伊汝没曾想得到的是一阵哄堂大

笑。这里的山民（他总是这样称呼这些可爱可敬的根据地乡亲）有他们独特的幽默感，和一种对于苦日子的柔韧的耐力："挣不上你的钱了，老哥，去打上一张八角钱的票，坐那四个轱辘的铁牲口去吧，不误你吃晌午饭。"

伊汝也笑了，最后一次离开 S 县城的时候，连这汽车站还没有，敢情公路都通到莲花池了，没准还通到羊角垴吧？那个小小的山村，才是他旅行的终点。

不过，当他在售票窗口付那八角钱的时候，心里还是在斗争着的，去呢？还是不去？最后，终于接过车票，打定主意，不再改悔了。尽管他说不清回羊角垴的具体目的是什么？会有个什么样的局面等待着他？能不能寻找到那未免玄虚的东西？但这是一桩夙愿，要不做这一次旅行，大概心里永远要感到欠缺似的。他把汽车票掖好，看看时间尚早，就沿着原来叫作西关，现在叫作四新路的一条狭窄的街道，朝城里走去。不要小瞧这条高低不平的石板路，现在的那些将军们、部长们，当年他们的坐骑蹄铁，或者那老布洒鞋，都曾经在这条路上急匆匆地走过的。S 县城的小米捞饭——说实在的，并不十分容易吞咽，当年，他们也是香喷喷地嚼过的。伊汝现在也想吃点东西，虽然肚皮并不饿，但考虑到还要坐几个钟头汽车，到莲花池万一赶不上饭，翻那座主峰到羊角垴，可是得费点力气的。

他蓦地心里生出一个念头，西关这一带，有个清真馆，羊汤是挺出名的。1949 年，他跟弼马温部长（想到这里笑了）头回来到 S 县城时，毕竟同志拍拍他的肩膀："伊汝，我做东，请你喝西关的羊汤！"他记得这位部长把一卷羊毛纸印的边区票，拍在饭桌上，震得酱醋瓶子叮当直响："来，大碗的，多加佐料！"那恐怕是伊汝在记忆里，吃的一顿最味美的佳餐了。羊汤是那样的鲜美滋润，那样喷香开胃，那些煮得酥烂的羊杂碎，简直来不及品味，自己抢着爬进喉咙里去。

毕部长有胃病，不敢多吃，而他，吃完了还在舔嘴唇。"小鬼，再给你来一碗！"那对眼睛乐得眯成一条缝，笑得伊汝不好意思。跑堂的一阵风似地端来了，还喊了一声："小八路同志，请——"他低着头，像风卷残云一样，吃得满脑门子冒热汗。

因此，他决定再去尝试一下这种美味，尽管如今他也生有胃病了，而胃病是汽车司机和修理工的职业病。

在太行山区里，S县作为一个县城，连它自己作为地图上的一小点，都有些害羞的。那些妄自菲薄的山民，这样糟蹋自己的县府所在地，说东关放个屁，西关就得捂鼻子。确实也是如此，伊汝从四新路走到改成兴无路的东关，两个来回，也没找到那家清真馆。他向一个卖烤白薯的打听，那位脸上密密皱纹里，有着永远洗不掉的煤渣的山民，把伊汝看作疯魔，在故意调笑耍弄他。

"清真馆？俺是国营买卖，是农工商，是队里的试什么点，那名堂俺虽说不上，反正不是单干，你想买就买，不买拉倒，干吗瞧不起人？"

伊汝明白他误会了，以为拿过去的私营饭馆来嘲笑他，连忙掏出买票找的两毛小票，买了两块烤白薯，这才使他相信外乡人的诚意，叹了一口气说："清真馆早合并了，跟俺烤炉一样，十多年前就关板了，这不是刚开张搞农工商给队里挣钱么？"听来有点情绪，不过作为一个新闻记者的伊汝，他也是和这位山民一样，时隔若干年后重操旧业，对于"农工商"这个来自亚德里亚海滨的新名词，竟然能在S县城一位烤白薯的老乡嘴里吐出来，使他感到兴奋。新鲜的事物仿佛初秋早晨和煦的阳光，并不因为这个偏僻的、自惭形秽的小县城而躲到云层里去，不，照样明亮温暖地投射过来。他思忖着，休要小看这座烤炉，焉知不会是若干年后联合企业的前身呢？他捧着滚烫的烤白薯离开了。身后，这位山民用沙哑苍劲的声音叫卖着："热的，糖瓢赛蜜！"也许歇业太久了，嗓子还没亮开，有点干涩。伊汝联想到自己的职业，想到又要提起笔来，没准也许会如此，大概不能有20世纪50年代那份才思了吧？

他上了汽车，听那汽车引擎在力竭声嘶地哼哧着。

这辆老道奇改装的长途汽车，伊汝一眼就看出来了。这部汽车上年岁了，又是爬坡，伊汝无需目测，就凭自己坐着时的仰角度，坡度不会小于千分之二十，够这位开车的女司机忙活的。这部老爷车像得了气管炎似的，时不时干咳两声。他知道，

准是缸体有点什么故障；再说，化油器也不怎么干净了。不过，这个二十多岁的女司机，倒是有股生龙活虎的劲头，那段扑扑的头发，那裹在脖子上的羊肚毛巾，那被太阳和汗水渍得褪色的花布褂子，使他想起什么，又睁开眼睛定睛看她的背影。她没有那种职业女司机戴着墨镜洒脱高傲的神态，更多的像一个农村姑娘；也许刚拿到一张拖拉机的驾驶执照，看她那架势，也好像开"东方红"或者"铁牛55"似的。但是她那密实的、一剪子铰不透的黑发，她那宽阔的骨架，那圆润丰满的肩膀，使他想起了一个在脑海里从未淡薄过的影子，那是他记忆里最美的一页，也是他觉得在这个世界上活下去，是多么有意义的羊角垴的妞妞啊！

伊汝是为她来的么？也许是，但不完全是，那确实是他心头一笔沉重的负担。现在，他总算明确了这次风尘仆仆的旅行，要寻找的那些失去的东西里面，就有一个羊角垴的妞妞。这时，车窗外，莲花池的主峰，像记忆里那个文静深情的山村少女，拂去了云翳，投进了眼帘。如同那天正式接到组织的通知，重新回到党的怀抱里一样，看到这座主峰，他觉得到了家似的。但谁知妞妞相隔二十二年以后，她会是一个什么样的处境呢？然而，伊汝是那种特别重感情的人——这是他的致命伤呵！要是不去感激这个救过他命、给过他真正爱情的妞妞，那就不是他伊汝了。也许，这会给她带来难堪、带来烦恼，妞妞肯定是一位儿女成行的妈妈了；这是一路上他感到后悔的、责备自己冒失唐突的地方。但是那莲花池的主峰在朝他招手，他认为自己回来对了，不仅仅有妞妞，还有把他当亲儿子掩护过的郭大娘，还有羊角垴那些看着他这个小八路长大的乡亲们。是的，爱是多种多样的，有妞妞的爱，有郭大娘的爱，也有人民群众对于八路军、共产党的爱。他就是为了寻找那些失去的爱才回来的。他又来到跟着那位弼马温部长在这儿打游击、搞土改、建政权的羊角垴来了。

"妞妞，你还记得那个背马枪的小八路吗？"

他在心里问着，长途汽车哼哼唧唧地、催人欲睡地朝莲花池公社爬上去。

二

伊汝自己也想不到会有这么一天，从柴达木回到这座城市里来。

他站在那座久违了的灰色建筑物前面，望了一眼由于城市大气污染颜色变得更灰的大楼，快步走上台阶，隔了二十二年，又一次推开那扇玻璃门。他还是当年走出这扇门时的老样子，头发乱蓬蓬的，衣衫不那么整洁，但玻璃门映出一对亲切善良的眼睛、那讨人喜欢的光芒，在柴达木，甚至语言不通的藏胞也都肯在火塘旁边给他腾个座。他微笑着，打量着楼里的每一个人，显然想找几张熟悉的面孔。他推开几扇门，遗憾，除了那种仿佛冰镇过的声音"你找谁"之外，就是一对对白多黑少的眼睛。

他上楼，到他原来的编辑室，没有叫他扑空，果然发现几张熟满面孔。伊汝也纳闷，难道身上带有隐身草？一个大活人站在门口，竟谁都不理会。只有他早先坐过的办公桌上，现在坐着的女同志，在惊愕地瞧着。那进口金架眼镜，几乎遮住她脸部的三分之一，他辨别不出来是谁。但那打量人的神气，叫他惶惑不安，不禁要喊出声来：不对！同志们。20世纪50年代毕部长大声疾呼过："报社弄成衙门，就听不到人民的声音啦！对待群众，应该像在老区那样，一个炕头滚着，亲密无间……"伊汝望着这位张着嘴唇像英语字母"O"似的女性，心里想："干吗那样使劲瞪着，同志，我不会吃你的，也不会偷你的钱包！"

人们总是存在着一种世俗的偏见，认为既然是个落魄的人嘛，必然是狼狈的，但想不到却是一个几乎原封不动的伊汝站在眼前。连第四纪冰川都在黄山留下擦痕，好像漫长的二十年，却不曾在他身上留下什么痕迹似的。所以大家一时怔住了，尤其那位女同志。

"伊汝，是你！"终于有人激动地叫出声来。

"不错，是我，'冰冻三尺'！"

许多人笑了，对于"冰冻三尺"这个外号，不仅老同事，甚至没见过他的人也听说过。据说——干吗据说，实际也是如此，

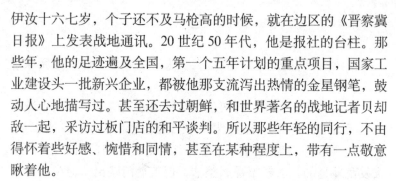

伊汝十六七岁，个子还不及马枪高的时候，就在边区的《晋察冀日报》上发表战地通讯。20世纪50年代，他是报社的台柱。那些年，他的足迹遍及全国，第一个五年计划的重点项目，国家工业建设头一批新兴企业，都被他那支流泻出热情的金星钢笔，鼓动人心地描写过。甚至还去过朝鲜，和世界著名的战地记者贝却敌一起，采访过板门店的和平谈判。所以那些年轻的同行，不由得怀些好感、惋惜和同情，甚至在某种程度上，带有一点敬意瞅着他。

这个在藏族、蒙古族、哈萨克族的毡房或帐篷里，都能讨得一碗马奶和油茶的伊汝，是个能很快和陌生人熟悉和亲切起来的"职业记者"，一个挨一个和那些虽不认识，却是充满友情的新朋友紧紧地握手。他也走到那张靠窗的桌子前面，还未伸出手去，那个女同志站了起来，把苗条娟秀的身子迎着他，她摘掉铬黄色眼镜，露出了一张熟悉的漂亮面孔。

"凌淞——"

她没有开口，只是嫣然一笑，这种亲切的笑容，表明了他们是相当稔熟的，无须用语言来表达见面时的热情。他记得，二十多年前，正是诗人常说的青春放光的年代，每当替她润饰完文稿以后；什么润饰啊，简直是大段大段另起炉灶地改写，而终于发稿、终于见报，她总是这样笑的。然后，她还会毫无顾忌地俯在他耳边告诉报社的内部新闻，她那秀发撩弄着他，她那银铃似的声音惊扰着他，她那浓馥的香水气息刺激着他。曾经使他困惑，可又躲不开，因为她是他最要好朋友的妻子。而她的丈夫却那样信赖他。然后她像所有爱出风头的女性一样，喜欢做一个知名的女记者，所以伊汝连自己也奇怪："怎么我身上也有她那么一股素馨花的香味？"

看来凌淞在编辑部众多女性中间，她是穿戴得最高级、最阔绰的。但是摘掉眼镜以后，逝去的年华在她脸上留下了掩饰不住的鱼尾纹。不过，她很懂得修饰，合身的衣衫又增添几分神采，比她年龄要显得年轻多了，尤其是莞尔一笑的时候。

整个办公室里的同事，包括认识的和不认识的，谁不知道凌淞1957年丈夫死后和伊汝的那段往事呢？这类事情是不胫而走的，而且像报纸合订本似的，不论隔多久，只要一翻，哪年哪月哪桩事，历历在目。但伊汝才不去想那些；有些值得永远记忆，有些应该彻底忘却。他没有必要陷入这样的困境。握了握她的手，客气地："你好——"

她还是喜吟吟地一笑，在这种时候，她那表情真是无言胜似有言。不过伊汝却回过头问大伙："毕竟同志在哪屋办公呢？"

对于这位齐天大圣的去向，众说纷纭，因为好几天没见这位眼睛高兴得眯成一条缝的领导了。近来报纸在群众中信誉日见高涨，零售数量增多和非公费订户扩大是一种"盖洛普"反应，很说明问题，也许又去组织几篇有分量的文章去了？最后，还是凌淞知道内情："我听何大姐讲，毕部长好像去什么地方了！"然后，她抬起胳膊，用手拢拢那式样做得相当考究的发型，问道："你认识他们家吗？新搬了，可不好找！正巧，我这篇稿子完工——"她把一篇补白性的有关月食的科学知识稿件交给了组长。伊汝想，大概最近会有一次月食。不过，隔了这么多年，凌淞还只是搞这种应景文章，看来长进不大，大概把力气全花在卷头发上面了。她那明亮的眸子盯着伊汝，鼻翅微微颤动，那微张的嘴唇里，明灿灿的皓齿带着笑意，显然有一句没有明说的话："你应该请我陪你去！"聪明、漂亮的女性，喜欢用眼睛说话。

"谢谢，告诉我地址吧！别看我是柴达木人，在这里，方向绝不会弄错，路也一定能找到。"伊汝出报社以后觉得这样说完全必要，因为有些是属于应该彻底忘却的东西。

城市大致倒还是原来的样子，只是街上的人没命的多了，对生活在柴达木二十多年的伊汝来说，在那个寥阔的荒原里，甚至走上几十里，也难得碰上一个人，哪怕是远远的一声狗叫，也会觉得亲切异常的。现在一下子落在密密麻麻的人堆里，他有一种仿佛跌进了盐湖似的沉不下去，又浮不上来的憋闷。

一直到何大姐给他打开门，他才如释重负地透了口气，这位性格泼辣的老大姐头发都白花花的了。

她问："你没接到老毕电报，叫你买飞机票快些来？"

"买了，后来又退了。一位叫旺堆的藏族老大爷说，牦牛没

有马快，一步一步也能走到拉萨。可小伙子，好多骑手都是从马背上滚下来的。我想想倒是有些哲理——"说着说着伊汝自己也乐了。

"出息，我记得你当年最不怕死，哪儿枪响往哪钻。"

"我已经欠了二十多年的账，剩下的日子就得一个钱当两个花。怕死和珍惜生命的价值，是不同的事。部长呢？"

"他等你几天，看你不来，一个人走了。"

"去哪？"他发觉毕竟同志还是那副不肯安静的脾气。

"谁晓得，老啦老啦，弼马温的劲头倒上来了。"

伊汝理解这位老领导："人民的声音在吸引着他。"

"谁知道，许是找寻什么东西吧？也不知丢了什么？老头子现在恨不能一腔子血都倒出来。看，忙得连胃病药都忘带，一去没个影子。"随后她问："去报社了吗？"

伊汝嗯了一声，望着这间除了书，除了几张字画外的空空如也的屋子，还和多少年前一样，这是毕部长的老作风。

"看到她了吗？"何茹关切地注视着这个不亚于一个家庭成员的伊汝，这种友谊来自战火纷飞的年代，所以她以老大姐的口吻说："凌淞和你一样，也走了一段弯路。生活，有时就像环行路似的，绕了一个圈子，又碰上了头。怎么样，你？"

"我揿揿喇叭，这是司机的礼貌，然后错车开过去。"

"混账——"何茹半点也不客气地训着，尽管刚见面不超过五分钟。

伊汝笑了，大概每个人对他人的关注方式，是全不会相同的。他想，要是那位弼马温部长迎接他时，准是一身烽火，满脸硝烟地招呼："回来了吗？好，给你这支枪，再给你两个手榴弹，上！"倘若郭大娘接待他，一定是亲切地捉住他的手："受伤了吗？孩子，疼不疼？别怕，大娘这就给你换药，放心吧，回到你的家来了。"可是何茹，使他想起那位旺堆的妻子，一位经常给他背牛粪来的，世界上再没有比她更心好的藏族老阿妈了。她问："伊汝，你打算终身做一个喇嘛吗？"看来，何茹首先关心的，是不让他当喇嘛。

她就是那样一个人，像所有妻子似的，总要对丈夫施加一定影响，所以使得毕部长通常一个跟头，顶多翻十万七千里。唉，月亮还有被云彩遮住的时候，对了，何况还有月食呢？他不禁想起郭大娘讲的天狗吃月亮的故事，也许在那个时候，萌出了回羊角垴的主意吧？

但是，微笑着的凌凇轻盈地走来了，穿着白色的紧身羊绒衫，越发显出她那窈窕的体态优美动人，高领裹住她那纤细的脖子，脖子上是一张沾着朝露的花朵般的脸庞，这张脸朝他逼近着，躲也躲不开，冰凉地贴过来了。他连忙晃了晃头，惊醒了，原来不知什么时候在哼唧的车声里打开瞌睡，把脸贴在车窗玻璃上了。

一个可笑的梦，然而也不完全是梦，梦在一定程度上是现实的反映。他问自己：难道不是这样吗？

老爷车大约早就在这个前不把村、后不把店的路上抛锚了，有的乘客爬到路旁梯田的高坎上吧嗒着烟锅，瞅着远天，似乎在说："姑娘，你慢慢鼓捣着吧，我们不性急的。一头骡子有时还尥蹶子呢，何况车！"也有的乘客围着那位女司机看热闹。她正蹲在车头上，打开盖板在寻找故障发生在什么地方。那应该说是秀丽的脸上，又是油污，又是汗水。她又抬起脸朝车内喊着："妈，你再踩一下！"

伊汝发现，原来在车厢里，除了他，就只有一位坐在驾驶座上的妇女，短发、宽肩膀，和她女儿一样。可能一脚踩错在刹车上了，那司机像豹子似的蹦起，吼着她妈："轰油门——"但是老道奇像一头疲懒的牲口，哼了两声，又没有动静了，急得那年轻姑娘恨不能钻进车头里去。伊汝有点同情她，这台应该报废的车，像病入膏肓的患者，再高明的医生也束手无策。教过他修车的师傅曾经教导过他：有本事别往老爷车上使。那意思是说弄不好会丢脸的。伊汝赶路要紧，也就无所谓面子，决定下车去帮帮忙；再说，在柴达木二十年围着轱辘转，有天天躺在地沟里脸朝上修车的经验，也未必会丢丑的。他刚下车，那一串送煤进城，然后拉化肥回来的大车队，正从他面前经过，车把式还记得他这个打听路的外乡人，笑着："老哥，俺们没说错吧，不会误了你晌午饭的，哈哈……"一挂响亮的鞭哨，扬

起一路尘土，蹄声　　地走了。

难道不是这样么？太阳都当顶了。

"心心，你还有个完没有完？"那位妇女沉不住气了。

女司机抬起头："妈，人家不急，就你急！"

那个妇女从司机座侧门爬下去："他们不急，他们等着，我还要翻山赶路呢！"看来，她是说什么也不耐烦等车修好了。伊汝一惊，这声音怎么听来这样耳熟呢？

"妈——"女儿责备地叫了一声存心拆台的妈妈。

"心心，你慢慢修吧！我走了！"她急匆匆地说着走开。

伊汝多么希望她把脸掉过来，然而她仿佛故意地把背冲着他，而且半刻也不肯多停留地离开了。等到他走到车头前面，那个妇女已经迈着碎碎的步子，走出好远，留给他一个似曾相识的背影。

这时候，可怜的老道奇像胸部有积水的病人，哮喘着响动起来。心心胜利地挺直腰板，举起梅花扳手向她走远了的母亲示威地挥舞，然后赔不是地招呼乡亲们上车。山民们的耐性与容忍也着实让伊汝惊奇，谁都不曾埋怨，反倒安慰着："俺们不像你妈那样沉不住气，这回该保险了吧？"但伊汝明白，行家似的提醒道："走不多远的，还得熄火！"

心心瞪圆了眼睛："咦，你这个人，吉利话都不会说，不上车我可开走啦！"她跳上驾驶座，向他龇龇鼻子。

他笑笑："请吧！"扬起手。

果然，没走几步，老道奇又耷拉脑袋了。心心跳下车，笑着跑过来："你这个人哪，真藏奸，存心看我的笑话，你大概是汽车公司派来监视我们这个农工商的吧？"

哦？又是这个来自亚德里亚海滨的新名词，伊汝乐了。后来他才知道确实是拖拉机站经营的短途运输，为的是把乡亲们从肩挑背驮的沉重负担下解放出来。抗日战争时期，伊汝背过公粮，知道那步步登高的山路是个什么滋味，真是一颗汗珠摔八瓣，每一步都得付出巨大的毅力啊！这个女孩子的赤诚坦率的态度，以及对待他那亲切的笑声里，存在着一股不可抗拒的魅力，于是只好被她拉着拽着，来到车头跟前。不过，他到底

是个二十年工龄的修理工了，有点老师傅派头了，坐在前车杠上，并不着急马上动手。而是掏出了那两块烤白薯，一块留给自己，一块递给了心心："来，先吃一点，干起来有劲！"

她一点也不客气，接到手里就啃了一大口，还没咽下就嚷嚷着："糖瓢赛蜜，俺们羊角垴的——"

通常她说"我"、"我们"，这回冒出个"俺们"，伊汝惊讶地望着她："你是那个小山村的人？"

她吃得太猛，噎住了，说不出话，只好点了点头。

"那么你妈也是羊角垴的了？"

她哈哈大笑，觉得实在是个相当可乐的问题。然后，她告诉这位外乡人："就连这糖瓢赛蜜，也是我妈培育出来的新品种。你知道，在羊角垴，管这种蜜甜蜜甜的白薯叫什么？'妞妞'，我妈的名字！"

天哪！伊汝怔住了，他连忙朝那个走远了的妞妞望去，她已经走到半山腰了，只能看到一个小小的人影，可是看得出来，她还在一步一步地吃力艰难地攀着。伊汝猛地转回头来，呆呆地凝望着心心，不由地想："她都有这样大的女儿了，怪不得她总背冲着我，怪不得她急急忙忙离开我……"

他咬了一口白薯，确实非常非常的甜，然后，再甜的滋味，也压不住他后悔的心情。不该来的，是的，何苦再去扰乱她的平静呢？

三

窗外，月色溶溶，树影婆娑，伊汝在公社的招待所里，怎么也合不住眼了，也不知是妞妞和她那招人喜爱的女儿心心，引起了他的惆怅；还是终于得知像他母亲似的郭大娘离开人世的消息，无论如何也压抑不住心头的哀思；或者，隔壁房间里那位客人的鼾声，使他想起了毕部长，一个真正的布尔什维克多年的遭遇，使得他毫无一丝睡意。要是过去年代里，那还用得着说吗？这样朗朗的月色，肯定会爬起来穿上衣服翻过主峰回羊角垴的。把子弹顶上膛，跟着毕部长大步流星，一口气不歇地直上峰顶。在那莲花瓣似的泉水池里，喝上几口清甜的凉水，消消汗，接着直奔羊角垴而去。一路上，敞开衣襟，任习习凉风吹拂着，毕竟的话就多了起来，什么保尔和冬妮娅的爱情啊，什么克里空是哪出戏的人物啊，为什么说阿Q是中国农民的灵魂啊……这种轻松情绪是完全可以理解的，因为马上就要到家了，郭大娘在等着，妞妞在等着，何况还有那枣儿酒呢！啊，那简直是诱人的佳酿香醪，往心眼里甜，往骨头里醉。然后，听吧，毕部长那如雷的鼾声，就会在炕头上响起。

伊汝失眠了，隔壁的鼾声更扰得他无法入睡。但是，他想，比起弼马温部长的呼噜，要略逊一筹了。最早他跟毕竟来羊角垴开辟工作，那时，他实实在在不比儿童团长大多少。记得只要雷鸣似的鼾声一起，那屋里的纺车就会嗡嗡地响起来。妞妞，那阵子还是个梳着羊角辫的妞妞，她笑着说："毕部长，你的呼噜真好，俺娘见天多纺几两线呢！"

"多嘴丫头！"慈祥的郭大娘笑了。

毕竟乐了，眼睛眯起来："大娘，你就包涵着点听吧，在延安，我都找那些外国医生看过，不行，胎里带的毛病治不了，你就等打败日本鬼子吧！"

"怎么？"妞妞问："那时就不打呼噜啦！"

他戳着她的鼻子："就喝不成枣儿酒，离开羊角垴啦！"

郭大娘说了一句伊汝在以后才觉得大有深意的话："只怕到了那一天，想听也听不到了。"

"确实也是这样的……"伊汝记得1957年一次支部生活会上，就从这呼噜开头讲起来的："现在，甭说郭大娘再听不到毕部长的雷鸣鼾声，就连我，给他当了那么多年秘书的人，那鼾声对我来讲，也像河外星系发出的脉冲信号一样，要用射电天文望远镜才能接收到了。他太忙了，会议会议会议，运动运动运动，剩下一点点时间，何茹同志还要他干这干那，要他穿拷花呢大衣，要他学跳华尔兹，就是不替他想想社论怎么写。四版上那篇捅了马蜂窝的小品文怎么收拾？所以这回郭大娘从羊角垴来看看他，连坐稳下来和大娘谈五分钟的时间都挤不出来，

而且把大娘好不容易带来的四瓶枣酒、柿饼、核桃，连同大娘一块交给了我，唉，冰冻三尺，非一日之寒啊……"

他终究是跟毕竟多年的人，"为长者讳"这点品格还是具有的，伊汝并不曾讲毕部长怎么特别为难地，掏出一把十块钱的票子，塞到伊汝手里时的情景："你把郭大娘接到你那儿去住吧，你也抽出十天八天时间陪陪她，编辑部我告诉一声就行了。她想吃什么，想要什么，你尽量满足她。没办法，何茹怎么也不大乐意郭大娘住在家里。这酒你拿去喝吧，现在夫人有了新规定，非要在巴拿马博览会得奖的酒才许可喝。"

伊汝想象得出那个泼辣的何茹，会怎么样向毕部长施加压力，他推回那把钞票："我也不是没有钱！"

毕竟叹了口气："分明我也知道，那也未必能减轻我的不安。"接着他愤慨地说："我们能打败鬼子，打败敌人，可对小市民庸俗意识无能为力。"

"怕未必全是客观因素吧？"伊汝同情地望着毕竟，倒不是他比他的老领导高明。那时，他也正面临着一场情感危机，那个新寡的凌淞，正如一棵能缠死老树的古藤一样，紧紧地依附着他，硬逼着他在她和羊角垴的妞妞之间做出抉择，所以伊汝才会有这种感慨吧？

那到底是解放后第三次看望毕部长了，郭大娘是完全能够体谅他的了。她随着伊汝来到报社后楼的单身宿舍，一边爬那五层楼，一边说："我知道，伊汝，如今老毕是大干部了，进来出去的全是屁股后头冒烟的，我一个穷山沟的老婶子，在那明堂瓦舍的四合院里住着，是有点不适称。"其实，伊汝知道，如果四合院里没有部长那位娇妻，毕竟养郭大娘一辈子，也绝不会多嫌她的。然而回想起来，解放后她头一次进城来，就把何茹给得罪了。她首先错认保姆是何茹的母亲，一把拉住就不放，夸赞她生下的这个漂亮姑娘——还用手指着何茹，怎样有眼力，挑上了毕部长这个好样的；他除了打呼噜而外，再没比他好的了。打呼噜有什么呢？多听听就惯了。老毕进城这些年，晚上纺线听不到那呼噜还怪空的慌呢！这终究是个误会，何茹性格也是爽朗的，哈哈一笑了之。但郭大娘这位军烈属，这位子弟兵的母亲，还以为这些人是当年住在羊角坳的八路军，紧跟着竟摇着头端详着何茹："你年纪轻轻，能吃能做，怎么还雇个老妈子呢？"又扭过脸来直截了当地批评毕竟："这可不是咱们八路军行得出来的事！"这下惹恼了何茹，她是个说酸脸就酸脸的女人。伊汝记得，毕部长嘿嘿一笑的时候，何茹的脸起码长了一寸。第二次进城，是1954年，伊汝记得那正是国泰民安的年头，郭大娘背来了几乎整整一驮子东西：小米、红枣、山药、地瓜干、枣儿酒、摊好的煎饼、煮熟的染成红色的鸡蛋，羊角坳所有能拿得上台面的东西，都搬进毕部长的四合院。因为郭大娘甚至比终于生了个大胖小子的何茹还要高兴，也许她的老伴、儿子都牺牲在革命战争中的缘故，对于那裹在襁褓中的新生命，又是爱、又是亲，乖乖长、乖乖短地搂着，就像她当年疼爱着伊汝这个小八路似的。伊汝看到何茹的脸上，出现了一种恐怖的灰色。他知道，甚至像他这样被何茹看作小老弟的，不怎么见外的人，一进四合院，都恨不能跳进消毒水的大缸——如果有的话，杀死浑身的细菌，以免传染给那可爱的小宝宝。好，这位来自羊角坳，有大脖子病、柳拐子病等病例的穷山沟的老大娘，这还得了，她叫着大嫂——那老保姆早辞退了。"快抱去喂第二遍奶！"

大嫂看看钟："还差十五分钟呢！"

"今天提前，四分之三的奶、四分之一的水、十五克糖、一勺西蜂蜜——"

郭大娘还是有生以来头一回听说奶个孩子，有这么复杂的学问。不过这些量度名词，使她想起来什么，连忙回过头去："咦，妞妞呢？"

伊汝一头跳到天井里，心想：敢情，都够一头毛驴驮的土特产了，大娘是弄不动的，原来是她！这时，那个腼腆而并不忸怩，短发宽肩膀的妞妞，正站在花坛旁边，注视着那一丛正盛开的浅蓝颜色的花。花坛里有着各种的花，粉的、红的、黄的、白的，只有这一丛与众不同的花特别引人注目，引起了妞妞的关切。也许她在这个城市里，在这个庭院里，感到自己很像这种蓝色的花，有些不大合群吧？

那一回住的时间很短，主要是姐姐惦念着她的种子，夏秋之际，正是扬花授粉、含苞结穗的关键时刻，无论如何也不肯多待。尽管只是住了几天，何茹的脸一天长似一天，就在她俩回羊角垴去以后，何茹朝她丈夫总爆发了。正好伊汝来问一篇稿子的事，赶上了这场兴师问罪的暴风雨。一个使敌人闻风丧胆的游击队长，一个口若悬河的宣传部长，一个堂堂大报的主编，对于夫人一点办法也没有，除了唉声叹气。何茹连这个小老弟也不放过："听说，你还打算娶那个呆头呆脑的姑娘？"

"她呆吗？何大姐！"

"你都是小有名气的记者了，这样的爱人，拿得出手吗？"她不顾毕竟的阻拦："我偏说，我偏说，你管得着么？"

伊汝竭力使这场暴风雨停歇，还等着发稿呢！便笑着问："何大姐，怎么拿不出手？我问你，你们院里花坛上那种蓝颜色的花，叫什么名字？"

不但她，连学贯中外古今的毕部长也说不出。

伊汝为姐姐自豪："你们看，她知道。"

何茹负气地说："你愿意娶她，我不管，反正我不愿找个婆婆——"因为郭大娘出于一种好意，一种极纯朴的山沟里老妈妈的好意，曾向何茹建议过：一个孩子怎么能不吃妈的奶呢？也不是没有奶水；正因为做母亲的血变成了奶，把孩子喂大了，才叫一声娘的："要是照你们这么做，那不是奶牛要成了人的干妈了吗？"哪曾想这番话把何茹气了个两眼发黑。

直到她们走的前一天，伊汝才抽出时间陪姐姐去逛这个城市。不过，她一定要去报上登载过的，那个新建的植树园去。但那是个不开放游览的科研单位，只好凭着记者证左说右说才进去。羊角垴是个贫瘠的山区，无霜期要短一些，姐姐从来也没见过那暖房里亚热带植物浓翠欲滴的绿色，她那文静的脸上，露出了惊诧的神色。她告诉伊汝："我长这么大，还是头一回见到蓝颜色的花！"

"在哪儿？"伊汝连忙四处寻找。

她甜甜地一笑："是在毕部长家院子里，你知道那种花叫个什么名字吗？啊，还是个记者哪！连那都不明白，我从大辞典

上把它找到了，你猜叫什么？一个怪好听的名字！"

伊汝望着她那恬静的脸，等待着。

"毋忘我！"她轻轻地吐出了这三个字。

"哦！你是怕我把你忘了，妞妞！"

她在那结着相思子的南国红豆树下，笑着，然而是深情的，像过去在莲花池主峰上的清泉水边一样："如今你是大人物了，我常常在报纸上念到你的名字！"

"可是你知道吗？妞妞，我常常在心里念着你的名字！"

但 1957 年那次只是郭大娘一个人来的了。因为在这之前，她得了一场重病，差点没到阴间去同她那牺牲的老伴、儿子团聚。也许意识到在世的日子不多了，把积攒下的抚恤费二百多元，买了口棺材。然后，就剩下一桩心思，把伊汝和妞妞这两个孤儿的婚事了掉，这眼睛大概也就可以闭得上了。伊汝的父母都是烈士，是红军东渡黄河时牺牲的。而妞妞的爹妈则是羊角塬附近，靠挖煤为生的穷汉。所以她有一副能干活的宽肩膀。那种小煤窑瓦斯含量相当高，两口子不幸双双熏死在洞里。郭大娘刚送走参军的儿子，回来路上，看见妞妞里一半外一半躺在洞口，已经快要死了，这才抱了回来，成了她的异姓闺女。所以第三次来搬到五层楼上伊汝的单身宿舍住，倒对她的心思。

她又像当年子弟兵在羊角塬住的时候那样，把那些编辑、记者、美术员、摄影师、校对员、译电员……的被窝褥子，枕巾褂裤，一个房间挨着一个房间，该拆的拆，该洗的洗，该补的补，忙得个不亦乐乎。无论谁把臭袜子藏掖到什么地方，她都能找出来洗干净给补整齐——那时没有尼龙袜，补袜子是单身汉的一大愁事。然后再赏给你一顿臭骂："真出息，你们这些识文断字的，还不如我们家老黑！"

有人去请教伊汝："大娘家的老黑是谁？"

"哦！那是她家喂的一条黑老母猪！"整个单身宿舍爆发出一阵大笑。郭大娘望着这些年轻人，似乎又回到烽火弥漫的年代，只是如今年轻人都不大唱歌了，这使她遗憾。那时，八路军走到哪村，唱到哪村，都能把人心里唱出一团火来。好多人怎么参加革命的？都是被八路军的歌子唱去的。于是她恳求伊汝："你跟大伙一块儿唱个'风在吼'吧！多少年也听不着了。"好在大家都会的，又是这样一个革命母亲的请求，就兴高采烈地分部轮唱起来，唱着唱着，年轻人注意到这位妈妈的脸上，是笑着的，但是止不住的眼泪，却在那张笑脸上簌簌地跌落下来。可是谁也没有注意到，站在门口的毕竟，也悄悄地抬起手，拂去脸颊上滚烫的泪珠。

大伙发现总编辑出现在这灯光黝黑的走廊里，至少是破天荒的事。人们笑笑，离开了伊汝的房间。毕竟看得出，这种笑是谨慎的、敷衍的，是一种对付上司的笑。当屋里只剩下他们三个人的时候，他叹了口气，对伊汝说："上回你说得对，不完全是客观，应该从主观上找原因，难道我们身上不正是丢掉了一些可宝贵的东西吗？"

"你指的是什么呢？毕部长！"

"有酒吗？"他望着桌上伊汝给郭大娘买来的扒鸡，油嫩光亮，不觉嘴里有些涎水了。

"我这儿可没有巴拿马赛会获奖的名酒！"

郭大娘又像在羊角垴的家里，望着他们吃小米捞饭时的样儿，看他们就着鸡腿，喝着枣酒，谈论着她有时听懂、有时听不明白的一些题目。什么传统啊！作风啊！什么和人民的血肉联系啦！一会儿又冒出个斯大林和安泰；斯大林，郭大娘是知道的，在电影里都看过那个叼烟锅的人，可安泰呢？她想，没准是个老干部了，能见到那样大的外国人，恐怕未必吃过S县的小米捞饭了。

"大娘，生我的气了吧？"毕部长眼睛又眯起来了,这份高兴，不是来自枣酒，也不是来自扒鸡，而是他像一名实习医生那样，终于找到了患者的病因。发烧是表面现象，而病毒感染才是肌体受到损坏的内在因素。"你骂我一顿吧，老坐小轿车，不接地气，就不容易听到人民的声音，就昏昏然，大概总有三十八度五了吧？"

郭大娘不完全明白他的话,但那总的意思分明是领会了："一家人能不有个长长短短的吗？只要不生分,那总还是嫡亲骨肉。"

"人民总是原谅我们！"这位老布尔什维克捶着自己的脑袋。

在支部生活会上，伊汝继续发挥着他的观点："……说实在的，进城以后，我们心里还有多少地盘留给根据地的乡亲，留给群众，留给人民呢？慢慢地就把那些用小米养我们的，用小车推我们的，用担架抬我们的，把我们认作儿子、认作丈夫掩护过的老百姓忘了。而我们党正是靠这些老百姓打败了敌人，夺取了胜利，所以党章、党纲千叮咛，万嘱咐，要密切联系群众。因此我想，要丢掉了这个优良传统，会不会有那么一天，人民群众要唾弃我们？危险啊，同志们，我在给自己敲警钟。有一种花，是蓝颜色的，叫作毋忘我，我每当看到这种花的时候，我就觉得好像那朵蓝色的花在问我：'你把我忘记了吗？是的——'他望着斜坐在对面的凌淞，她那时刚解决了组织问题，也许是党的生活会，她觉得没有必要搞服装展览，穿得像中学女生那样朴素，胸前别着一朵小白花，表示她深切怀念那死去的爱人。他心里笑了笑，接着说："有时也会迷茫，也会糊涂的。"直到下班铃响，会议结束时，大家收拾东西乱糟糟的情况下，她突然塞过来一张纸条："不反对吧？我来看看大娘！"

凌淞推开玻璃门下台阶时，还回过头来瞟他一眼，似乎在问："欢迎我吗？"伊汝只好摊开双手，表示出"请便"的意思。原来她爱人活着，或者在医院里躺着的时候，她和伊汝确实有些不拘形迹，那份亲昵，那种接近，使得伊汝真有些吃不消。后来她爱人已经无望，而生命的残灯只剩下一丝光焰，却又不肯轻易撒手而去的几个月里，因为他和他都是毕竟的秘书，又是知己的朋友，所以那一阵子，他和凌淞交替守候这位奄奄一息的人。她不止一次向他哭诉："他受罪，我更受罪啊！"

"你不应该催他死嘛！"伊汝觉得她的感情是不可理解的。

他注意到她看她丈夫时，那美丽的眼睛是冰冷冰冷的，而一旦转向他，那明亮的眸子又闪烁着热烈的火花。也许她喜欢修饰，直到她爱人咽气那天，她那头发一丝都不乱。

当她成了未亡人以后，就开始注意和伊汝保持一定距离了。然而伊汝何尝轻松些，那总在捕捉他的眼光，使他觉得自己很像一头被猎人追逐的猎物，不论逃跑到哪里，那双魅人的充满诱惑力的眼睛，仿佛黑洞洞的枪口一样，总瞄准着他。

终于她那高跟鞋噔噔地走到单身宿舍的门前，而且向所有五层楼上的单身汉居民们打招呼，伊汝这才感到被动，这无疑是一种宣传攻势，在造舆论，弄得满楼轰动以后，她才推门进来。那份对郭大娘的热情、亲切、礼貌、真诚，别说羊角堆的这位军烈属，就连被撂在一边的伊汝，也至少半信半疑看待她的来访。他的致命伤是重感情，而重感情的人，往往容易轻信。直到说了好一阵子话，郭大娘也从"同志"的称呼发展到"闺女长、闺女短"的时候，凌淞突然想起："瞧我这记性，大娘你爱看苦戏吗？我这还有一张《秦香莲》的戏票，你快去看吧！"伊汝这时开始嗅出一丝阴谋的气味。

一听说苦戏，一听说包公铡陈世美，又是这知疼知热的好闺女特地想着，那还犹豫什么。凌淞还给她多塞两块手绢，好在剧场里擦眼泪，叫辆三轮车给送走了。

她重新回到房间里，伊汝这才发现站在他脸前的，是一个真正的美人。白色羊绒衫在脱去外套以后露了出来，裹住她那浑圆的肩膀，丰满的胸部，和柔软的腰肢，那两只水汪汪的大眼睛，盯着他："伊汝，你下午讲，有一种花叫毋忘我，你看我像不像？"

他摇摇头。

"那么你的毋忘我，该是刚才大娘讲的妞妞了，不过，你比较一下，我美，还是她美？我好，还是她好？"

伊汝不习惯这种咄咄逼人的进攻："凌淞，也许你比妞妞美一千倍，好一万倍，但是价值观念在爱情上是不存在的。好啦！凌淞，我尊敬你，也感激你，我们会做一个很好的朋友，而且你也一定会寻找到你的幸福！"

"不，我只爱你，这是命中注定的，即使他不死，我也要离婚嫁给你的。没有办法，我第一眼见你，你从朝鲜前线回来，那罗曼蒂克的样子，就把我吸引住了。以后，你帮我改了多少篇稿子，每一次都在心里留下一个烙印。起先我还过意不去，后来，我坦然了，有什么值得说一声谢呢？你在给你未来的妻子效力，因为我早晚要属于你的。我早就觉得他是骷髅，而你才是人。我爱你，爱是残酷的，没有办法，我知道我对不起那

个妞妞。但是你是我的，今天我到你房间，也是向所有人宣告，我是你的。如果你不反对，明天我们就结婚。一个女人有权利得到她的爱情，她的幸福，她所爱的人！"于是，她走过来，紧紧地搂住伊汝，把那张闪着泪花的脸贴过来。

四

一清早，伊汝就被枝头檐间的麻雀喧闹声吵醒了。对于这种灰不溜丢、叽叽喳喳的，和人类有着亲密来往的鸟类，他怀有一种特殊的好感。它没有美丽的羽毛，也没有婉转的啼声，然而他喜欢这些蹦蹦跳跳，永远也不大肯安静的小动物，因为麻雀曾经是和他同命运的朋友。当满城掀起一个消灭麻雀的运动，上至国家机关，下至学校街道，人人手执长竿在轰、在赶、在打，使得它们疲于奔命的时候，伊汝的"冰冻三尺"的理论，也开始在大字报、批判会上受到"义正词严"的责难。到了1960年，正式宣布对麻雀"大赦"，不再把它列为四害之一，那一年，伊汝也被宣布解除了"劳动教养"。他总结过："是这样，麻雀糟蹋粮食，但也捕捉昆虫，我'冰冻三尺'尽管言论、文章有毛病，但也曾为革命出过力，至少，在给人民修车吧！"这么多年，他修过多少车啊？"解放"、"黄河"、"菲亚特"、"日野"、"五十铃"、"吉尔"……也许是他那使人喜欢的柔和的眼神，也许他是个天生的汽车钳工，好多老师傅把一些看家的绝招，悄悄地传授给他。但是昨天那辆道奇，可使他费了点难，要不是为了农工商，他才不会钻到车底下，又滚了一身油污呢！

心心马上喜欢上他了，一口气喊两声师傅。当伊汝终于拆东墙补西墙地把车修好以后，她高兴得蹦跳起来，用拳头擂着伊汝，脸笑得像一朵花。他望着这个野小子式的姑娘，心想："怎么没有一点你妈的文静呢？倒像个活猴！"到了莲花池，她定要拉他翻山去羊角垴，到她家去。他很想同她一路做伴走，但是他改变了主意，决定在莲花池歇一夜。一个将近五十的人，是应该懂得"慎重"这两个字的分量了。

他走出房间，在招待所的院子里，那些山区的麻雀一点也不怕人地跳着、飞着，似乎还在议论他："这个家伙，大概没有睡好吧？"是的，他眼皮有些发胀，那位鼾声不亚于毕部长的人，在隔壁房间里吵扰了他一夜。现在，伊汝踮起脚隔着窗户看进去，那位老兄显然睡了一夜好觉，精神足足地起早出门办事去了。生活里就有这样的事，也许并不是有意地，把别人伤害了，当人家抱怨的时候，却瞪起眼珠子，不允许发牢骚。难道能因为不是有意，那伤害的事实就不存在了吗？不信，你失眠一夜试试？扩而言之，假如你用二十年时间，证明"冰冻三尺"并不是一句错话，就能明白伊汝为什么第一次捧着邓副主席在十一大的闭幕词，会吧嗒吧嗒掉眼泪了。他是搞过文学工作的人，懂得用上"恢复"这两个字，决不是一个泛泛之词，要不是丢掉、或者失去一部分党的优良传统和工作作风，干吗谈"恢复和发扬"呢？

现在，他攀着这座莲花池主峰的时候，已经忘掉了一夜失眠的苦恼。清凉的晨风，带着早霜的寒气和松林的清香，使他精神爽朗。遥望着峰顶，迈着大步爬上去。

他看到一个人影，一个在佝偻着身子俯伏在那莲花瓣的泉水池里。绝不是什么错觉，二十年柴达木的风沙，并没有使他的视力衰退。他加快步伐，在这样的清晨赶山路，最好有个旅伴，唠着庄稼、天气，唠着过往的云烟、人事的盛衰，路会在脚下不知不觉地短起来。这是二十二年以后，头一回翻这座主峰。当年最后一次离开羊角垴时，那位深情的山村姑娘，就站在那个人影站着的地方，凝望着他一步步地离开。那时，不论是妞妞，还是伊汝，都深信不疑隔不上十天半月又会重逢的；而重逢时的欢乐——喜气洋洋的庭院，红彤彤的新房，热气腾腾的锅灶，迎亲的鞭炮，接新人的唢呐……使得这两个年轻人分手时，竟丝毫也不觉得有什么离别的痛苦。他走了两步，回头看看，妞妞还站在那里微笑，走了一程以后，那短发宽肩膀的身影，依旧伫立在山峰顶巅。他用双手合拢在嘴上，朝她喊着："回去吧！妞妞，顶多半个月，完成任务就回来。"

群山也附和着："就回来！""就回来！"回声在山谷里震荡。

然而这一别，竟是二十二年！

也许那时候人的思想要单纯些，怎么就没想到手里捏着的，报社催他返回的加急电报，是某种不祥的预兆呢？自从在支部生活会发表了"冰冻三尺"的议论，自从那天晚上好容易挣脱凌凇感情的罗网——只差一点点哪，拿司机的行话说，要不是油门开足，排挡吃准，加上轮胎绑了防滑链，就会在那千分之二十三的结了层薄冰的上坡路滑下来。于是，当郭大娘从戏院带着一双哭红了的眼睛回来，骂着那忘恩负义的陈世美，喜新厌旧，铡还便宜了他，该千刀万剐的时候，想不到伊汝在收拾她的和他的东西。

"干吗？"

"回羊角垴！"

"干吗？"

"结婚，我该跟妞妞成家啦！"

郭大娘高兴得合不拢嘴："该这样，该这样，我早说过的，伊汝要把妞妞忘啦，天都不能容的，要不是妞扭，伊汝两条命都没啦！"

是的，妞妞救过他两回命，一次是从还乡团手里，她像一头豹子似的拼死搏斗解救了他；一次是在龙潭口战斗中，在死尸堆里硬把他寻找到。想到这里，他老老实实，一五一十把十分钟前发生的一切，告诉了郭大娘——他的母亲。如果不这样，也就不是伊汝了。

凌凇在离开这屋以前，曾经以讪笑的眼光，以哀的美敦的口气告诉他："圣人，从明天起，整个报社都会知道我在你这儿过夜的。"于是，郭大娘和伊汝就像抗日战争时期，得到情报，鬼子要来扫荡，搞坚壁清野一样，准备撤走了。不过，谢天谢地，用不着埋，用不着藏，门上挂把锁就行。他们背着该带的东西，到毕部长那四合院，向他辞行。但是遗憾，只有何茹一个人穿着睡衣躺在沙发上看外国画报——那时还不大兴外国电影这名堂。她先看见伊汝，倒是满高兴的，因为他曾经是她和毕部长谈恋爱的中间站，书信往来、约会地点、馈赠礼品，都得由他经手。说实在的，所有当秘书的都没有这项任务，要操心首长的婚姻，然而伊汝的工作手册里，总有一个代号叫X的，那就是何茹。她感谢他，因为那时别看毕部长以打呼噜享有盛名，但想把这个呼噜抢到手的还大有人在。因为伊汝投她的赞成票，她现在才在这四合院里悠闲自在。可是一看到这位小老弟身后，一双解放脚，一副黑腿带，一件家织布的大襟褂子，一条裹着脑袋的羊肚手巾，顿时间，脸上的笑容倏地消失了，趿拉着拖鞋站起来让座。伊汝讲明来意以后，她便说："还用等老毕吗？他那种大尾巴会一开就没个完。"

郭大娘说："等等他吧！"一来是那场重病使她明白，这次来了，下次未必还能再来；二来八年抗战，起码有一半时间，毕部长是在她家住的，她把他当自己的兄弟那样看待，所以这次临走以前，实际也是临死以前，即使听不到他的呼噜，哪怕让老姐姐再看上一眼，走了，心里也是充实的，连面都不照，该是多么空落落的呀！

何茹从抽屉里拿出两张五元的票子，用指头捻着递给了郭大娘："我就不远送了，拿着吧！路上花，再扯几尺布做件褂子穿吧！"

伊汝深深地被激怒了，他看着郭大娘的手在颤抖着，那种对于山沟人的侮辱，那种对于纯真高尚感情的污蔑，着实伤了这位军烈属的心。当年她被敌人捆绑吊打，要她讲出党的地委宣传部长的下落，她宁死也不开口，差点拉出去枪毙。这种和共产党、八路军同生共死的精神，难道是今天这两张五元钱的钞票能够买来的吗？

一路上，郭大娘的脸也没见过笑容。直到了羊角垴，直到了那由盆子、罐子、玻璃瓶、木桶组成的种子实验室，看到了那张文静的脸，才像雨后新霁的天空一样，第一次出现了预示晴朗天气的红霞。

"妞妞，你看我把谁抓回来了？"

她半点也不惊奇，难道他会记不得那淡蓝颜色的毋忘我花？

"咦，俘虏呢？"郭大娘回过头来。

也许伊汝想到终于和心爱的妞妞结婚，有些不好意思，就像过去八路军进村那样，放下背包，抄起扁担水筲，到井台挑

批注空间

水去了。那天晚上，他们娘儿三个，团坐在炕头吃小米捞饭。破天荒地，伊汝吃一碗，妞妞微红着脸给他盛一碗。山村的习惯，做丈夫的从来不自己打饭；他先还抢着不让，但郭大娘拦住了："应该的，应该的，你们早就该是两口子啦！"

有些美好的记忆，哪怕在漫长的一生中，只有一天，两天，或者三天，也永远不会忘记。然而就在那第三天的傍晚，在归窠的鸦噪声中，报社的电报来了。

在莲花瓣的水池边分手时，他说："你看，这多不好！"

"那有什么，你也不是不会回来。"

他感谢她的信任："你不会以为我在骗你吧？妞妞？"

她那诚挚温存的妻子般的脸上，闪出最亲切、最信赖的眼光："净说些傻话，人家把身子都给了你，还有什么不相信的呢！"

那是伊汝一生中真正的爱情，唯一的爱情。

伊汝急匆匆地赶回报社，只以为又是什么紧急任务。他是出了名的快手，常常出现这样的情况，深夜，大样发回来以后，不知哪位领导会突然间对哪篇文章不感兴趣，也不说撤，也不说留，只是打个问号。为了安全起见，毕部长只好皱着眉头下令拆版，这时他准会喊："给我把伊汝从被窝里拖来，弄一篇不痛不痒的，去掉标题留空，一千五百字的文章！"于是睡眼惺忪的伊汝必须在半个小时里赶出来。也许这就是办报人的乐趣。办报有时如同玩蛇一样，弄不好就会被咬一口，而这一口往往是致命的。毕竟后来终于给弄到祁连山的南部去，就是一个例子。兴高采烈的伊汝在报社走廊里，猛一下看到一张《"冰冻三尺"是怎样出笼的？》大字报标题，眼睛都直了，虽然还未点名，以××来代表他，但"冰冻三尺"是他嘴里说出来的，还能有错？再加上凌淞写的一张《坚决与××划清界限》的"检查"，他觉得天好像黑下来了。不过，他还是谢谢她的，尽管她说他乘人之危，利用她感情上的脆弱，提出一些非礼的要求，表现出决非正人君子的行为等，总算没有把他描绘成强奸犯。那样的话，他就不是去柴达木的汽车修理站被"劳动教养"，也许去劳改队了。

据何茹这回告诉伊汝，凌淞后来在 1958 年嫁了一个比他大二十岁的老头，钱倒是蛮多的，但幸福和爱情是不是也那样多呢？就不得而知了。可是，老头在运动一开始受到冲击，不久就心肌梗塞，倒在牛棚里，现在也平反了，补了万把块钱……听到这里，伊汝说了一句何茹觉得莫名其妙的话："我也不想修喇嘛寺！"

"糊涂虫呵！糊涂虫！你们都是一个模子倒出来的，老头子又弼马温上了，儿子呢，偏要在林区养他的意大利蜂。你哪？老弟，也不接受老大姐的好意……"

有的人也在走，不过是原地踏步，总离不开那起点，伊汝望着这个代号为 X 的老大姐，后悔当初投她的赞成票了。

等他爬到峰顶，那个人已经一路下坡直奔羊角垴去了。步子迈得很大，显然走热了，远远地看见他敞开了衣扣，衣襟在山风的吹拂下飘扬着。不知为什么，这背影看来有些眼熟，他掬起一捧又凉又甜的水，润润嗓子，然后望着那个快进村的人，不禁纳闷：他是谁呢？

五

他觉得——然而又似乎绝不可能的——有点像那位弼马温部长。他又手搭凉棚仔细看看，然而遗憾，那身影穿过挨着村寨的坟茔墓碑，很快进村了。

他从那些坟头上飘扬着的，新插上的白幡和纸钱，这才想起，今天正好是阴历七月半，怪不得昨晚上月色那样好。

伊汝想：那闪过的人影，没准就是弼马温部长。这位齐天大圣，能行得出这种事来。他记得，当他头上顶着"右倾"的桂冠，在祁连山南草地一座战备粮库劳动改造的时候，在叛匪的马蹄声　传来的紧急关头，他，一个"非党员"——那时就发明出这种"挂起来"的党章上没有的处分，竟爬上了粮垛，撇开那个只知道摇电话讨救兵的领导人，振臂高呼："当过共产党员的站出来！这是人民的粮食、国库的粮食，一粒也不能让叛匪抢走！只要我们那颗共产党员的心不死，就得保住粮食！

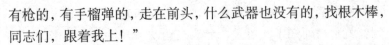

有枪的，有手榴弹的，走在前头，什么武器也没有的，找根木棒，同志们，跟着我上！"

这个弼马温活了，拖着两条浮肿的腿，肚子里只有酱油汤和一小钵子双蒸饭的毕竟，从粮垛上跳下来，手里握了根草地上打狼的大头棒子，走在最前头，向马蹄声迎去。伊汝正好那次去看望这位老领导，赶上了，他有点不好意思，因为他已经正式被开除出党了。不过，在死亡面前，他那颗从来没死的共产党员的心怦怦跳了。从驾驶台里找着发动汽车的摇把，也挤进那一串戴着"右倾"桂冠的厅长、局长、秘书、干事行列里去。

"打——"走在最前头的这位"非党员"的毕竟，举起大棒，雷鸣似的吼着。

那股偷袭的匪徒，看到这支严阵以待的队伍，犹豫了一阵以后，别转马头跑了。当他们回到粮库时，那位负责监督改造这帮"老右"的领导人，还在捧着电话叫喊："快派队伍来，快派队伍来……"

毕竟就是这样的性格，连把他在那茫茫的柴达木盆地找到，也是怪不一般的。因为伊汝1957年离开报社，来到盆地，除了给妞妞写了封信，说他对不起她，让她不要等，只当他死了的诀别词以外，就开始过着与世隔绝的生活，和所有熟人都不联系。1959年年末，毕竟因为给内参写了两篇反映人民声音的情况报道，加之报纸对那些高产卫星总放在二三条位置来刊登，他就发配到草地来了。他知道伊汝在柴达木，可没有具体地址。草地和柴达木相距千里之遥。于是，这位弼马温写了总有百十张小纸条，贴在所有柴达木来拉粮的车屁股上："伊汝快来找我，我在某某粮站。"

半年都过去了，伊汝有一次修车，拆大厢板，才发现这位老首长工工整整的钢笔字。一直等到麻雀不与苍蝇蚊子为伍的时候，他搭了辆顺路的车子——司机对高超技术的修理工，是敬若神明的——来看望毕部长。两个人见面的时候，一个忍不住哭出声来，一个眼睛眯成一条线，高兴地笑着。毕竟张开臂膀："来，伊汝，咱们连续拥抱三次！"然后，他从贴心的口袋里，掏出一个小布包："大娘半年前从羊角垴来我这里了，在这儿住

了几天，我们谈了许多许多。临走时，她说：'我这辈子是看不到那一天了，我活着一天，给你们烧香，我咽了这口气，到了阴间，也保佑你们平安无事地熬着那一天。'说着，她拿出两个布包，那是她把她的棺材卖了一百八十块钱，分成两份，一份给你，一份给我——"说到这里，那个布尔什维克也忍不住放声大哭了。

"党不会忘记我们的，人民不会忘记我们的，伊汝，记住啊，永远要记住，人民是我们的亲爹娘。"

他打开那个布包，里面整整齐齐放着九十块人民币，如同捧着一颗滚烫的心。不过，这回伊汝没有哭，而是沉思。母亲，大地，人民，安泰，共产党……这一系列词汇在他脑海里转着。

分手的时候，伊汝分明看出他有什么话要讲的，但他咽住了。他似乎建议他应该回羊角垴一趟。干吗？伊汝心想，帽子是摘掉了，可是悬心的日子并没有过去，为什么还要别人陪着自己一块过这种悬心的日子呢？何况自己早就写下了诀别词。他望了望祁连山的积雪，努力使那颗突然热起来的回乡念头，冷却下来。转回身，那颗总惦着他人的心，又关切到毕部长两条臃肿的腿上，便说："老部长，男怕穿靴，女怕戴帽，你要当心你的身体！"

"不怕，我们会熬到大娘说的那一天！"

这个布尔什维克尽管守着粮仓，有那么多的落地粮、仓底粮，别人都是合理合法似的享用，而他却一堆一堆地扫好，簸扬干净，送回垛上去。自己每顿吃那一小钵子双蒸饭，饿了就喝酱油汤充饥。

伊汝把身上带的粮票统统搜罗出来，统共十二斤多一点，乘着临别的最后一握，塞在老首长的手里，然后跳上了汽车。他倒没有见外，只是担心地问："伊汝，你呢？怎么过？"

"没关系，我在哪家毡房，哪座帐篷都能讨到一点吃的，你多保重吧！"车开动了，他朝这位老上级挥手。

毕竟向他喊着："记住，伊汝，人民永远也不会忘记我们的！"

那个人影完全有可能是他，伊汝这样想，七月半，按照旧风俗，是给死去的亲人上坟的日子，也许他是特地来看望去世

多年的郭大娘。何茹不是说了嘛,他要寻找一些什么丢掉的东西。然而,当伊汝下了山,再走几步就要跨进羊角垴那座阔别二十余载的小山村时,他迟疑了。心心,那个活泼可爱的姑娘,使他在这最后一刻,犹豫着是否应该去惊扰那有了这么大孩子的母亲? 于是,他找了块石头坐了下来,呆呆地望着这个几乎没有什么变化的山村。这二十年,他随着车队去过不少地方,他理解,人民的生活远不是那么富裕的,真使他一个当过八路军的人,心情感到沉重。特别像这样为革命贡献过力量的老根据地,基本上仍是老样子。那些吃过 S 县的小米捞饭的将军们、部长们,不知道还记得起地图上这很不起眼的一点不? 不过,一想起从那卖白薯的老乡,从心心嘴里讲出来的,那个来自亚德里亚海滨的新名词,就觉得羊角垴明天也许会更好的。

他坐了好大一会,太阳从头顶上慢慢地偏了过去,有两次,他几乎站起来要往回走了。然而,不看看妈妈的坟墓就离开,不望望那些看他长大的乡亲就离开,伊汝就不是郭大娘心目中的伊汝了。于是站起来,抖掉身上的尘土,听凭那两条腿,走进了在村子中心的一座小院里。依旧是那矮矮的山墙,依旧是那一排花椒树;大门口那棵枣树,长得更高更大了,树干上还留着这个调皮的小八路刀砍斧剁的痕迹。据说,只有这样鞭打它,才能结出更多更甜的枣。他自慰地笑了,也许正因为如此,才受那二十多年的磨难吧? 院里静悄悄的,门上挂着把锁。接着他似乎下意识地伸出手去,在那枣树树干的一个疖疤洞里,摸到了钥匙。没有变,还是老规矩。但是他正要开门,突然觉得有点冒失,这已经是人家的家了,闯进去合适吗? 可是当年和毕部长在草地分手时,好像有句什么郭大娘不让告诉的话,要说又止住的情景,涌现在眼前,于是打开了锁,吱呀一声推门进去。

屋里还是老样子,盆子、罐子,大缸小桶,育着各式各样的种子,不过,桌上压了张纸条,他拿起看了,是姐姐的工整笔迹,那是老八路毕竟手把手教出来的。

我和心心去后寨买给妈上坟的东西,饭在锅里,你自

已热着吃吧！要回来得晚，你到妈坟上来吧！

很显然，这是妞妞给她丈夫留的便条，伊汝不由得凄苦地一笑。隔着门帘，就是里屋，早先是郭大娘和妞妞住的；那时，他和毕部长住在现在成了育苗床的外间大炕上。窥看人家夫妻俩的私室，伊汝觉得是很不礼貌的。但是，那门帘却是半撩着的，尽管他目不斜视，仍然不由自主地瞥了一眼。他发现那收拾得整洁干净的炕上，一双双新鞋齐齐整整地摆在那里，就像抗日战争期间妇救会给前方战士做的军鞋那样，收集到一起准备送走似的。

难道还有做军鞋这一说吗？他终于走进里间屋，站立在炕梢，望着那一排尺寸相同、式样统一的布鞋。最使他诧异的，每双鞋里都有一个年号，1957，1958，1959……他数了数，不多不少，正好二十二双。天哪！伊汝差一点栽倒，跌坐在炕边做饭的小灶坑里，碰翻了锅盖，一大碗煮熟的白薯焖在锅里，上面也有一张纸条，笔迹潦草，而且有几个字被水汽浸润得模糊了。不过，他还是辨认了出来。

爸爸：

这就是你站（赞）不决（绝）口的糖狼（瓤）赛蜜。你知道这种最甜最甜的白菽（薯）叫什么吗？她的名字叫"妞妞"！

你的女儿心心

这时，他走到外屋，才发现墙上还挂着他在朝鲜采访时，和法国记者贝却敌一块在板门店谈判会场前照的相片，他穿着军大衣，没有戴帽子，头发像公鸡尾巴似的翘着。而就在这张照片旁边，有一张奖励优秀拖拉机手的光荣证书，上面的名字赫然写着"伊心心"三个大字。

妈呀！伊汝跌坐在那里，好半天他起不来。望着那些盆盆缸缸里正从泥土中钻出来的嫩芽，他不禁想：只要一粒种子埋下去，土地母亲就会长出一棵苗来，爱情也是这样。他无论如何也不能沉沉稳稳在这屋里坐等了。心急火燎地冲出了屋子，

跑出了院子。太阳已经偏西了，他得赶到龙潭口去。毫无疑问，郭大娘一定会埋葬在那里。那一仗，她丈夫、儿子都牺牲了，就地埋葬在那战场附近的山头上。于是他用急行军的速度，往那儿赶去，十来里路呢，而且还要翻山。不过，现在他的脚步轻盈多了，心里也松快多了，甚至耳边似乎响起了当年走这条路时，常常哼唱的小调："军队和老百姓，本来是一家人，本来是一家人哪，才能够打敌人……"他想，不知为什么，这样的歌子现在很难得听到了。那是多么简单的真理，难道不是一家人吗？他现在马上要见到的，亲手在绝望里缝制了二十二双鞋的妇女，是他的妻子；而一定曾给她妈妈在生她时陷于难堪境地的拖拉机手，是他的女儿；那埋在地底下，把一切不幸和痛苦都揽在自己身上的军烈属郭大娘，不正是他的亲娘吗？她肯定是怕他牵挂，怕他分心，才不让毕部长告诉他，有一个等待着他的妻子，有一个从未见过爸爸的女儿啊。她像亲妈似的了解这两个孤儿呵，尽管她死了，看不到这一天，但她确信会有这一天而闭上眼睛的。马上，一家人就要团聚了，可太阳却落在西山后面去了。

冰冻三尺，非一日之寒，然而，只要有诚心，再厚的冰也会融化的。他一路想，一路走，当最初的暮色，在波涛起伏似的苍山上，抹了一笔深沉的色彩以后，龙潭口到了。

阴历十五，又叫作望，西边太阳还未落山，东边的月亮已经爬了上来，晚霞满天，暮霭沉沉。正在他寻找郭大娘坟墓的时候，他先听到一声："爸爸！"紧接着看见心心飞也似的奔跑着。就在她跑来的方向，伊汝看到妞妞正站在坟边，还是那张文静的脸，还是那副信赖的眼光，似乎继续二十二年前分手时的谈话："我说过的，你不会不回来的，看，你不是回来了吗！"

心心附在他的耳边说："爸爸，昨天妈妈猛一下都不敢认了，说你一点没有变，半点没有变！"

"怎么会变呢？心心，在你名字里的两颗心，是永远也不会变的！"

这时候，可以听到不远处走来的一个人应声说："不会变的，而且一定会好起来的——"

“毕部长——”伊汝和妞妞几乎同声地叫了起来。

他几乎蹦跳着跑过来，这个弼马温部长呵，都忘了自己是六十多岁的老头子了。他一只手拉过妞妞，一只手抓住伊汝，那一双眼睛又紧紧眯着，这回连一条缝都不留了。

心心突然高声叫着：“快看哪！妈妈，爸爸，月亮，看月亮……”这时，附近的山村，有敲锣的，有放炮的，似乎还有人喊：“看哪！天狗吃月亮啦，天狗吃月亮啊！……”这偏僻的太行山区里，还保留着那些古老的、带有纯朴气质的风俗习惯。

黑影开始侵入了那晶莹玉洁的月亮，顿时间，群山暗淡了些。那黑影腐蚀的面积越大，似乎整个天地也越发阴沉。到了六点多快七点的时候，坐在郭大娘坟头上的一家人都陷入了黑暗里，仿佛跌进了漆黑的深渊，不由得想起“四人帮”横行时，那些逝去的年头。是的，再也比不上那惨淡的日子里，丢失掉更多的东西了。

好了，到了七点一刻，虽然有点云彩遮住，月亮开始摆脱那些黑影，发出了一点光彩，正好照在心心那一对既像妞妞，又像伊汝的眼睛上。

八点半钟，一轮更加明亮，更加皎洁，也更加佼俏动人的月亮，悬在半天。似水的月光，泻满了整个大地，整个山林。心心蹦跳着喊了起来，好像对在地下闭上了双眼的她奶奶喊道：“过去啦！过去啦！月亮又亮堂堂地照着我们啦！”

是的，在太行山，今夜好月色，明朝准晴天。

空谷幽兰

　　他猜不透有谁会这样不识相，偏在整个乐队陪着他合乐的时候打电话。指挥方冰，也是他的老师，有点气恼，从老花眼镜上面飞出一只冷冷的眼光瞅他。因为这支俄罗斯作曲家拉赫曼尼诺夫的钢琴协奏曲，上一次音乐会，出了几处不该出的差错，所以这位以一丝不苟的严格而闻名乐坛的指挥，一遍一遍地磨难着大家。生气、跺脚、敲打谱台，甚至挥舞老拳恫吓那些心不在焉的演奏员。这使章波觉得抱歉，很明显，大家为了他才坐在这儿挨累的。

　　但是这个该死的电话，他是非接不可的，团部秘书站在演奏厅门口等着，那就意味着属于共事，带有官方性质。他那倔脾气的恩师无可奈何，把脸冲着总谱上那位沉思的拉赫曼尼诺夫噘嘴，于是，章波表示遗憾地站起，正要抬脚，方冰显然有意挑剔地提醒："请盖上琴盖，好吗？"他笑笑，合上琴盖，连乐谱都放到了应该放的地方，然后才走出演奏厅去。

　　电话里是一位不熟悉的女同志，已经等得不耐烦了："喂！你是弹钢琴的章波同志么？"

　　"是啊！你是谁？"

　　对方并不着急回答他的问题，而是一个劲地追问盘查，像户籍警那样仔细："请问，解放前，也就是1947年，你们家是住在北城根大酱缸吗？"

　　"是啊！"

　　"那时你唯一的亲人，母亲已经故去了？"

"是啊！"

"那院里，曾经长有两棵枣树？"

"是啊！"

"那敢情就是你，我这儿是北京饭店，有一位美籍华人想和你通话，请吧！"那个女电话员看来是个热心肠的姑娘，她告诉他："这位带着外国老太太的钱博士找你好几天了！"

章波怔住了，鬼知道，从哪儿冒出来一个美国的钱博士？不错，他在北城根那臭烘烘的大酱缸住过；不错，那院里有两棵不等熟就被孩子打得精光的枣树，但是那臭水沟、那晒粪场，那住家和坟头比邻而居的北城根，对这位演奏拉赫曼尼诺夫钢琴协奏曲的章波来说，充满了阴冷灰暗的回忆，包括他那位做了半辈子保姆的可怜母亲。

电话大约接到了钱博士的房间里，铃声响了一会，才有人接，估计电话员已把情况讲了，所以章波马上听到了笑声和多少有点别扭的国语："你是章波先生吗？鄙人刘易斯·钱，初次交往，很冒昧，请原谅我这样打扰你。这次我来北京前，一位你也认识的女士，她对我说，要是可能的话，打听打听你……"

章波立刻全部明白了怎么回事，握住电话听筒的手，禁不住地微微地抖动起来，每次登台演出前，刚坐到钢琴前面，他的手总会这样控制不住的。

兰姐，那水仙似的形象马上映现在他眼前。

钱博士肯定是个有礼貌的人，他似乎笑容可掬地说："章先生，朱稚兰小姐并没有很认真地委托我找你，只是饭后茶余偶尔地提起来，随便试一试。因为她不相信你这个当时无家可归的孤儿还会活着。而且我想，她连做梦也想不到你终于成了一位钢琴家，居然在演奏拉赫曼尼诺夫的钢琴协奏曲；他的作品，朱稚兰小姐是很擅长的。"钱博士接着介绍自己："我是个音乐爱好者，Amateur，我的西班牙血统的太太，连血管里都流动着音乐，假如你肯光临的话，我太太和我，将会感到光荣。上个周末，我们已经欣赏了你的钢琴音乐会，正因为在节目单上看到了你的名字，所以想，也许你就是朱小姐要找的那个章波，只是你家原来的地址大酱缸，使我们费了点工夫。"

章波不禁哑然失笑，因为大酱缸压根不是地名，而是居民们

对那一片臭水洼子的诅咒。真的,决不是夸张,要是雨水多的季节,大尾巴蛆都能爬到屋里来。谢天谢地,那都是属于记忆里的东西了。去年,他在那里新建的影剧院里演出过,开演前,他去原来他儿时的伙伴们挖蚯蚓、捞鱼虫、掏蛐蛐的地方转了转,全是五层楼的居民区,大酱缸已经不复存在了。不过,他还保存着一张陈旧发黄的照片,记得是他当保姆的母亲陪着那位任性的小姐,亲自来大酱缸照的。不让她来,她偏要来,整个大酱缸都轰动了,那件洁白潇洒的海军式连衫裙,那绣着金锚的飘带、那象征海魂的蓝边,甚至隔了这么多年以后,回想起来仍旧那样鲜明,那样魅人。

大酱缸的过去和现在,他在电话里没对博士过多地解释,只有在那儿生活过的人,才会感到兴趣。现在,他迫切地想知道离开了三十多年的这位府上的小姐,生活怎么样? 幸福吗? 成功吗? 她的钢琴震撼乐坛了吗? ……在某种意义上说,她是他妈妈的主人,因为他妈妈是侍候她的保姆,可是,她又是教过他钢琴的启蒙老师,而且他被允许叫他兰姐。但是此刻不知为什么,这样亲昵的称呼倒有些说不出口。大概谁都会有一些难言之隐,而这个兰姐就是章波最不愿意触及的秘密,其实有什么不可告人的呢? 可生活里确实有一些好大惊小怪的人,把蚂蚁说成大象。因为,当着那位团部秘书的面,章波淡淡地问了一声:"她近来好么? "

这位博士真不亏姓钱,他把好不好的概念和钱多少的程度联系在一起:"当然 ,朱稚兰小姐在她的营业旺季,通常顾客盈门,要赚一大笔钱的。"

章波知道,在国外,是有演剧季这一说的,演员必须在这期间,捞到足够多的票子,然后,有经理人去订合同,自己则可以一身轻地到夏威夷,或者迈阿密海滩去逛逛。穷一点的,至少是驱车到乡间别墅去打松鸡、钓梭鱼。决不像他章波,虽说也有点小小名气了,但还得为煤气灶而奔波。不过,钱博士的答复并不使他满意,他关心备至的,不是兰姐的收入,毫无疑问,她准是很有钱的 ;也不是艺术上的成就,那还用得着说么? 可以预料,她的钢琴艺术肯定是登峰造极,处在成功的顶巅了。连她启蒙从拜厄教起的章波,都显露头角要去参加国际钢琴比赛了。那么可想而知这位当年北平城的音乐天才,实实在在的有造诣的女钢琴家,这多年在国外大师的指点下,肯定是卡内基音乐厅的座上宾了。

但是章波确实想知道，她生活过得幸福、美满、充实吗？博士的回答有点铜臭味，好，就是有钱；有钱，就是好。章波想：也许在他们那儿，钱是可以买到一切的，包括爱情和幸福。然而，他很难相信，朱稚兰，那位府上的小姐——他妈妈总这样称呼她的，还会找到她失去的"巴格尼尼"和早年神童时期的快乐么？

钱博士希望他去指点指点那位洋太太的琴艺："内人曾经是朱稚兰小姐教授过的。"而章波也很想去拜访，当面谈比在电话里方便些："那么好，我尽量快些去看看你和你的夫人！"

章波放下电话，连忙回演奏厅去，他猜得出，方老肯定生气了，果不其然，这位名指挥把脸转到另一边，像教和声课似的讲："一个真正要献身给音乐的人，首先一条，必须去掉自己灵魂上的不谐和音！"他敲敲谱架，叫了一声："开始！"便举起了指挥棒。

章波坐在三角琴前，团弄了一下双手，心里琢磨："方老，这样说说是便当的，然而，你别忘了，我们都生活在纷扰的尘世里，包括你这个并不能例外的老鳏夫！"

钢琴的琴键在他手指下，像溪流似的倾诉出渴慕、思念、凝想、企盼的情感，尽管是淡淡的、矜持的，不那么热烈的，但却像带着残冰的春水，一个劲儿地漫过来。他似乎看到这股充满音乐感的冷流，漫进泛浆的土地，漫进滴出汁液的白桦林，而那个浪迹天涯，最后客死美国的拉赫曼尼诺夫的严谨形象浮现在眼前。

现在，他才明白那个早熟的聪慧的兰姐，为什么那样喜欢拉赫曼尼诺夫的作品，一遍又一遍沉湎在《死之岛》、《钟声》、《泪》这些作品中间。他记得她说过："一个远离祖国的艺术家，无论他活得多优裕、多自在，那种灵魂上的孤独凄凉之感，是无法排除的。也许我会有那么一天的，真的，我预感到了，没准要后悔终身的。"

那是1947年，她快要出国深造的时候，在原来贝勒府的深宅大院里，雾一样盛开的海棠花下，对刚刚才十岁的章波讲的。

那时她十八岁，比灿烂的海棠花还美。但是那一树似霞似雾的花，只是在深深的庭院里寂寞地开放，寂寞地谢去。而她，朱稚兰，这个几乎和莫扎特同年龄起步的音乐神童，也是四岁学琴，五岁作曲，六岁就开始登台演奏德沃夏克的《幽默曲》、贝多芬的《小步舞曲》了。在古老的北平城里，这个头上系着蝴蝶结的小女孩，这个前额覆盖着刘海的姑娘，这个惊动京华的音专高才生，成了

49

一些人的议论关切凝注的中心。但是，遗憾哪！1947年，解放军的炮声已经隐约可闻的时候，她却要走了，为她的艺术要远涉重洋去深造了，因为偌大的文化古都，找不到一个高水平的管弦乐队，找不到一个同她合作的指挥，甚至找不到一台音质优美的大三角钢琴。

她说："'巴格尼尼'劝我索性到解放区去，那我就前功尽弃；要是留在北平，只能在这个没有音乐的城市里窒息死去。小波，只有诞生天才的年代是不够的，还得有天才顺利成长的环境才行。北平城对我来讲，也是大酱缸呵！"

十岁的章波尽管家境清寒，过早尝到生活的艰辛，比同年龄的孩子要懂事多些。但是，兰姐的话，他也是似懂非懂的。然而，当她在花树雾影里闪出那对光泽似漆的眸子，问他："小波，你乐意我离开你们大家么？"

他摇摇头，因为这句话意味着什么，他是完全理解的。兰姐一走，他的生计断绝，就要成为一个实实在在的孤儿。人，就是这样，当他懂得应该珍惜什么的时候，那距离失去这个什么的时候也快来到了。他记得他妈妈还活在人世的那些年，他曾经多么羡慕住在大酱缸一带和他年龄相仿的那些孩子，在这暮春三月，爬到颓败的城墙头上去放风筝，或者到淤塞的护城河里筑堰戽水捉鱼，人人都像小毛驴那样撒欢。而他，一个保姆的儿子，却必须规规矩矩、斯斯文文地在海棠花院里弹钢琴。那种决不多说一句，决不多走一步的拘束生活，使他感到屈辱，尤其是他妈那生怕被辞退的哀愁眼睛，唯恐发生什么意外地总在随时随地地盯着，伤害他的自尊。每当夜晚回到大酱缸的破屋子里，他妈妈絮絮不休的叮嘱，像车尔尼《手指练习曲》那样乏味："小波，难得是府上的小姐那样喜欢你，你可要听话，做个乖孩子，你妈全指望着你咧！"

要不是可怜寡妇失业的妈妈，一开始懂事的章波，说什么也不愿去受这份罪。那时，他认为自己只是这位任性的小姐心血来潮时的玩具，每天叮叮咚咚弹一个小时的钢琴，由她横鼻子竖眼睛地挑剔、教训、讽刺，更有甚者，还要拧耳朵。他不明白弹那玩意儿有什么用，还不如在垃圾堆捡破烂，大酱缸孩子都那么给家里挣上三文五文的，但他妈妈可不这样想，认为陪着府上的小姐解会儿闷，说会儿话，弹会儿琴，又不累，又不脏，有什么不

好的呢？不过母亲也有她觉得歉疚的地方，孩子这样小，就同她一样被雇佣了。唯一不同的是报酬，她月底拿的是工钱，而她儿子，则是每天放在琴谱旁边的一碟点心，和他母亲不被解雇的保证。

当他终于懂得那是一个天才，对他破格的赏识，而希望学得更多的时候，她要到美国去求学了，而且越来越后悔那时没能学得更多些。

拉赫曼尼诺夫的音乐把他湮没在往事的回忆里，他记得兰姐也弹过这支脍炙人口的钢琴协奏曲。是的，大概她知道自己的命运会同这位俄罗斯作曲家差不多，所以对乐曲赋予了她独特的理解，弹得那样深沉而又富于哲理。她确实是个不同凡响的天才，任何名家的曲子，经她处理以后，主题深化了，乐感丰富了，而且有她自己的风格，一种幽柔婉约的美，一种东方色彩韵味隽永的美。

眼前这样满头银丝的指挥，就完全不同了，激情澎湃，恨不能使自己成为一个最强音，现在，他头抬得高高地，等章波弹出几个强劲的八度——那是兰姐训练了六年留下来最扎实的基本功，像命运在撞击心灵的窗扉。接着，指挥伸出双臂，仿佛拥抱整个乐队似的，任音乐像行云流水一样倾泻出来。只有这个时候，人们才相信这个熬白了头的指挥，肯定有过一团火般的青春年代。看，老头把拉赫曼尼诺夫那充满诗意的和声，那流畅抒情的旋律，都充分地表现出来，那冒火的双眼，那充血的前额，那矫健有力的两臂，曾经使得那几位世界闻名的指挥都着迷过的。

要不是这位恩师，解放初期流落街头的章波，就不会被送到音乐学院的少年班。然而没有兰姐的那六年训练，他能在那台雅马哈琴上，把这个不拉提琴、改学指挥的方冰征服住么？贝多芬的《月光奏鸣曲》柔和抒情，如歌的行板使得方冰沉醉，望着这个近似叫花子的章波，不禁问："是谁教你的，孩子？"

"老师——"

除了这两个字外，任什么也不敢说。

"那你家里还有什么人？"

他摇了摇头。

"你应该弹琴，孩子，我们这个社会不会把你埋没掉的。"他还补充一句："当然还要看你努力。"也许章波是幸运儿，并不曾

淹死在大酱缸，而且，甚至连大酱缸都成了历史陈迹。

不过，在接了这个电话以后，他更怀念他的启蒙老师，那个多么漂亮的兰姐啊，还那么魅人么？还是那样才华横溢、聪明智慧么？

章波记不得那双天才的慧眼，是怎样发现了他的，那时，他才五岁，许多事情都是后来知道的。据说是兰姐抱着他去见她的父母，一个全城都负有名声的音乐神童，像小家儿女似的带领孩子，实在不成体统："兰兰，谁家的孩子？你抱着！"

"保姆章嫂家的。"

"快放开，一个保姆的孩子！"

"妈妈，爸，这小男孩有一双和我一样的天生是应该弹钢琴的手！"

老两口不禁哑然失笑，他们马上想到的，也正是刚才电话里博士所讲的那个钱字，即便是个千真万确的天才，他家买得起钢琴么？他家有琴房么？他家请得起老师么？他家能把孩子送南京上海去投师问友么？他家舍得搜罗唱片给孩子欣赏么？他家能天天把这双手像宝贝一样供起来么？

朱稚兰固执地，几乎是命令地，要她父母察看章波的手，眉毛一挑，这是生气的前兆。那时，他的兰姐仅仅十三岁，就能弹奏勃拉姆斯的第二号钢琴协奏曲，连这个社会都捧着她、宠着她，老两口怎敢得罪掌上明珠？她说："第一，这孩子手比正常人要大些；第二，手指肚特别富有肉质，长得饱满；第三，你们看，他的小指几乎和无名指一样长短；第四，也是最重要的，他对音乐有种天生的敏感，他懂半音阶，怪不怪？才五岁！"

"那你意思怎么办呢？兰兰！"她父亲问。

"我要教他弹钢琴！"

她妈张大了嘴："我正要把章嫂辞了呢！她男人是肺结核，刚死。"

"不许辞——"朱稚兰说，"我不能看到天才被毁灭！"

"兰兰，你别瞎闹。"她父亲不同意了。

"我偏要瞎闹！"她是说到哪里做到哪里的任性姑娘，也许天才总是这样骄纵的。

老两口一齐说不行，但她回答更坚决："那么好，今天晚上你们欧美同学会的联欢，我不参加了，让他们另找人弹肖邦的《革命》练习曲吧！横竖谁都会弹的。"

"人家连大花篮都扎好了准备送你呢！"

"我不稀罕——"神童对于献给她的花束已经司空见惯了。

真的，肖邦这首C小调练习曲，作品第十二号的《革命》，她弹得多么激越昂扬，富有深挚的感情啊！肯定，章波现在设想得出，在异国他乡的兰姐，准会常弹这首肖邦思慕祖国的作品。他理解，那个漂亮的兰姐，除了毋庸置疑的音乐才华，还有一颗特别富有感情的心，休看她那纤细的身材，荏弱的体质，似乎透明的白皙皮肤里面，却有着诗人的激情，骑士的胸怀，要不然，一位侯门似海的千金小姐会执意要教一个保姆的儿子弹钢琴？

一个过分聪颖的人，往往不能容忍别人的些微差错，章波忘不了每当弹错一个音符时，顿时挑起的双眉，更忘不了她生气时拧他的耳朵，用手指剃他的脑袋，不耐烦地训斥他："用你的心去弹，不是用手，一条狗的爪子也能把钢琴敲响，记住，要用心灵去碰每一个琴键！"他曾多少次赖在大酱缸那破破烂烂的屋子里，向他妈哭诉："妈，我不去了，我不去了！"

他妈妈甚至跪在了他面前："你就只当行行好吧，小波，你妈活不了几天了！"那时，他妈也患了他爹死去的肺病，那年头穷人的肺痨像今天的癌症，是必死无疑的病，全亏府上的小姐周济着活下去。于是他无论三伏四九，无论刮风下雨，总要从大酱缸步行到海子边的贝勒府，在除了兰姐以外所有人的冷眼底下，弹一个小时的琴，然后吃下那碟屈辱的点心，再步行回去，搭电车的钱要留给生病的妈妈。哦，他的肖邦、李斯特、巴哈、车尔尼，是拌着咸滋滋的泪水铭刻在脑膜上的。

当然，揪耳朵的时候并不多，每当他课回得准确无讹；每当他曲子弹得有声有色；每当他和她四手联弹，配合默契到得心应手的程度，兰姐就变得可爱了，她会和颜悦色地说："小波，要不是我发现你……""记住，你是我创造出来的奇迹！""可是，你将来怎么办呢？在中国，天才就像绿豆芽一样，找不到一块可以扎下根的地方。"——章波听得出又是那个他没见过的"巴格尼尼"说的，他爱着她，后来兰姐要出国，他跑到解放区去了——"我是早晚要离开这块没有音乐的沙漠，你呢？小波我敢肯定，那时候，

你保险会淹死在你们那大酱缸里！"

她说得半点也不错，章波甚至也不愿回想 1947 年那暗淡绝望的年头。要不是解放，要不是方冰，他也不会坐在这儿弹奏拉赫曼尼诺夫了。"哦，兰姐——章波在心里说，现在可以公开地讲，谁是自己的启蒙老师了——你放心吧！我不曾淹死。一个保姆的儿子，在我们这个国家里，已经不是羞辱，而且成了一个名副其实的钢琴家。假如你能有机会听听我的演奏，该多好，我一定用心灵去触动每一个琴键。"

协奏曲的最后一个音符，声音在琴键上消失了，方冰走到琴前，赞许地说："这一次，你把感情弹出来了，至少是激动了我！很好，休息！"他把大家"释放"了。

多少年来章波对谁都没有讲过他的兰姐，不但他的恩师方冰，就连自己的妻子小宁，都不曾露出丝毫口风。因为那是用常规很难解释得清楚的事情，必然会有一系列的问题等待着他去大费口舌，而且说不定要招来是非。也许章波比较早地尝受到社会的酸辛，懂事要多一些，当解放军进城以后没几天，他特意去海子边的贝勒府看了看，那红门上竟贴了军管会的封条，从此他就把这一档子事埋存在心里。

他不知道他那像琉璃人似的干净的小宁会对这样一个猛然出现的海外关系持个什么看法？十年浩劫，他们俩除了人人有份的文艺黑线流毒之外，谁也抓不住他们俩的什么把柄，因为章波是孤儿，而杜小宁则是三代贫农，由部队文工团长带大的小鬼，成为今天乐队的小提琴手。她曾经对章波说过："我讨厌那些乱七八糟的社会关系，所以才爱上你的。"

严格地讲，兰姐和他，非亲非故，算不得什么社会关系，因此不讲，也并非对爱情不忠实，然而这一回却是非说不可了。

尽管章波在业务上是个尖子，而他妻子则是乐队坐在后排的提琴手，可是在家里，她却是主宰，钢琴名手也害着所有丈夫的时髦病，处处要让她三分。这样，吞吞吐吐更不知该怎样表达：他有过一个兰姐，而这个兰姐现在在美国，并且倒霉的是，这根断头的线接上了，怎么办？

他会想象得出，他那位琴拉得不怎么样、而政治上优越感很强的妻子，准会出现鼻子不是鼻子、眼睛不是眼睛的可怕模样。

章波总觉得自己是幸运儿，总有一个保护人，先是兰姐，后是方冰，现在则是自己的妻子。而所有保护人的特点都是待他比较严厉，当爱情加上关注，加上希望你获得声誉和成功的时候，那脸色就是要求多于体贴，苛刻胜于温柔了。然而当嗫嚅的章波绕了个很大的圈子，终于把今天排练时接的电话内容透露了的时候，他惊讶了，非但她脸上没有五官挪位，气歪鼻子，而是喜滋滋地露出一片春意，从来还没见过的爱情云霞，顿时在那眼波里映现出来了。

倘若不是她拎着提琴，他挟着乐谱，两口子真觉得有必要亲一下，他感激妻子的宽宏大量，除了责备他不早告诉之外，什么也没有怪他。杜小宁说："一个人的思想总要跟上时代，过去那种单纯、幼稚、狭隘是很可笑的。"接着她问："她真的那样喜欢过你，这位兰姐——"

"是的。"

"像对自己的亲弟弟一样？"

"当然。"他向她详尽地介绍了这个漂亮的、天才的兰姐："我绝不是夸张，小宁，你听她的演奏，就会觉得琴键和她的手指是浑为一体的，而整个钢琴则是她心灵的延续。"

"太玄了！"这位三流提琴手笑了。

"兰姐是绝对的天才，我向你保证，当然，离开了祖国，她未必幸福，但艺术上肯定有辉煌的成就。"

"在外国，艺术上的成就越大，收入也越高，是成正比例的，不像我们这儿——"杜小宁始终对这次评工资，章波竟然没长上去有意见。然而好像特地为了弥补这点不足似的，鬼差神使地突然冒出了个兰姐。过去她看《市场报》，从来不注意外币兑换的牌价。现在……她想到这里笑了："章波，那位钱博士不是说了吗？兰姐的营业旺季，可以赚一大笔钱？"

"是这样说的。"章波回答，他立刻看到豪华的音乐厅里，穿着黑丝绒曳地长裙的兰姐，向如痴如狂的崇拜她的音乐迷鞠躬谢幕。而他的妻子，却是现实主义者，看到的是圆圆的金币。所以当她提议应该马上去北京饭店看望钱博士的时候，他受宠若惊地马上同意。章波从心眼里盼望着他的兰姐获得极大的成功，她的丰姿、她的才华，无疑要轰动美国。他多么想从钱博士口里知道更多的细节呵！

55

"不过，外国是有些古怪的地方——"当他们俩到达北京饭店门口时，杜小宁看到那些花花绿绿的外国人，发表着观感："弹钢琴也不是卖西瓜，有什么旺季淡季，真可乐！"

　　看来这位钱博士也是个怪人，约好了等他们两口子的，谁知临时变卦，他和那位外国太太跟着另外一个旅行团坐飞机去桂林了，留下一个万分抱歉的条子和兰姐在美国的通讯处，不过，这倒也好，省得受罪听那位洋太太弹琴了。

　　他们两好不容易才在地图上找到阿肯色州，找到密西西比河旁的那个不大的城市，这使得年轻的夫妻纳闷。在他们见闻不多的头脑里，好像只知道费城和波士顿的交响乐团，纽约的卡内基音乐厅和大都会剧院，剩下就是百老汇了。阿肯色州，除了只有一条可以唱的《老人河》外，和音乐还有什么姻缘呢？

　　"唉！我们实在是孤陋寡闻啊！"两口子这样原谅自己。写了一封洋洋洒洒、充满感情的长信，寄到了那个以盛产棉花和殴打黑人一样出名的阿肯色州去了。

　　在他们等待回信的日子里，虽然他妻子不再锯她的提琴来折磨他的灵魂，但是那刺刺不休的疑虑却像冰雹似的落在他头上。什么她果真那么美么？什么她的琴确是弹得那样出类拔萃么？她怕是未必太记得起你了？有一天，杜小宁突然冒出一句："假如兰姐要我们到美国去怎么办？"……章波不得不一次又一次地和拉赫曼尼诺夫告别，来回答他妻子可爱然而是愚蠢的问题。可是，等到从大洋彼岸邮来了他兰姐的信，连乐队指挥方冰都觉察出来："你怎么搞的，一副魂不守舍的样子。记住，舒曼、斯美唐纳都是死在神经失常上的。"

　　"方老，原谅我吧……"章波原原本本把那一年给他弹《月光》奏鸣曲以前的一切，都告诉了这位恩师。以为他会大发雷霆，谁知老头儿表现得异常平淡，似乎是呢喃自语："原来如此！"拍拍章波的肩膀走了。

　　说实在的，谁都会谅解的，这天外佳音成了他们两口和全团同志议论的话题，一个早年间在北平城有点名气的钢琴天才朱稚兰，要回国探亲来了，而且更让大家羡慕的，是那封简短的信里所道的两句话："你们需要什么，快来信告诉我！"章波听得出来，还是那股小姐脾气，对他，对他妈，甚至对她自己父母，都是这样毫不客气，不容商榷地说的。

可是需要什么呢？倒叫这对夫妻和关心他俩的同志伤透了脑筋，因为谁也猜不透这位在外国赚了大钱的钢琴名手，会给她早年的得意门生一份多大金额的赠品？一台彩色电视？一架立体声收录两用机？可是一个香港有亲戚的拉大提琴的姑娘说："这算不得什么，马马虎虎的歌星，一场下来，也是几千港币！"那么就增加一辆摩托？但是他妻子则更赞成要电冰箱。这个单子始终定不下来，那姑娘说："外国人崇拜天才，而天才和钱是同义语，难得这个机会，要吧，不要白不要！"

这封回信可真难产哪！写了扯，扯了写，本来还算和睦的两口，为电冰箱和摩托的分歧，夫妻反目。杜小宁关上屋门，说什么也不让章波进来，隔着门缝对低声央告的丈夫说："骑你的摩托去吧！"

于是，章波又像若干年前无家可归时那样，投奔恩师去了。这个老单身汉竟出乎他意料之外的，在拉着多少年摸都不摸一下的小提琴。他推门进去，老头儿只是看了他一眼，兀自沉浸在萨拉萨蒂的《流浪者之歌》的旋律里。

他坐在那里听着，想起了兰姐走了以后，还没有认识方冰以前，那段流浪儿的生活。真的，要从那个难堪的境遇出发，严格地讲，还有什么可需要的呢？

马上，他在心里拟好了回信中应该说的话："兰姐，如果我有什么需要的话，就是需要你来听一听一个大酱缸的孩子，演奏的拉赫曼尼诺夫。老师姐，请允许我这样叫，又是海棠花该盛开的季节了！"

是的，追求物质享受倒并不是罪过，然而，倘若灵魂空虚的话，即使胯下骑着摩托，那日子就充实么？他站起来，不辞而别要走了。但是方冰停住弓子，叫住了他："你好像有事？"

"是这样，小宁和我赌气，为了些莫名其妙的原因。"

"听说了，你们恨不能让朱稚兰小姐把美国都搬回来——"他拨弄了一下琴弦："我记得我曾经有过一把意大利克莱摩纳的小提琴，然而我并没有成为'巴格尼尼'。章波，物质的东西是很重要，但不是唯一的、绝对的。"接着，他从那一声和弦开始，继续如泣如诉地拉着萨拉萨蒂的这支名曲。很清楚，老头有点什么心事。

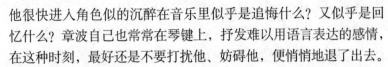

他很快进入角色似的沉醉在音乐里似乎是追悔什么？又似乎是回忆什么？章波自己也常常在琴键上，抒发难以用语言表达的感情，在这种时刻，最好还是不要打扰他、妨碍他，便悄悄地退了出去。

在空旷的走廊里，他的妻子正呆呆地站在那里，很清楚，她是寻找她丈夫来的，但是被这激越的琴音吸引住了。他瞅了她一眼，走廊里昏暗的灯光，照着那张丝毫不是寻衅的脸。妻子已经忘记刚才无聊的龃龉，而是关切地问了一声："他，怎么啦？老头！"

"谁知道！"

不过，章波记起拉一把破碎了的克莱摩纳小提琴，和一对泪水模糊的眼睛。是的，那就是兰姐，他第一次见她这样伤心地哭，那是她离开北平前夕，而据说，那位爱她的"巴格尼尼"也因为劝阻不住，摔碎了琴到解放区去了。

奇怪，琴碎了，琴丝却不断，但是她还是止住了哭，把不断的琴丝扯掉。然后说——他记得清清楚楚："天才要想成功，不付出牺牲不行的。原谅我吧！'巴格尼尼'！"

现在，她终于回来了。

等章波和杜小宁急急忙忙赶到新机场，波音机早已停在草坪上，乘客都陆陆续续地往候客室走出来。说来惭愧，小两口还是有生以来头一次到飞机场，头一次接乘坐飞机的亲朋。他们两个简直被那五颜六色的人流、壁画、建筑物、装饰品弄得头晕目眩。两个人手拉着手，生怕冲散似的挤到接客人的人群里，伸长了脖子寻找兰姐。

但是兰姐在哪里呢？

所有乘客都从他俩眼前走过去了，甚至最后一个空着双手的女胖子，和服务员们搭讪着，东张西望地也过去了。

他妻子着急地问："没有？"

他摇摇头。

"你都看清楚了？"

他点点头。

杜小宁生气地用手指戳了他的额头："你啊，你啊！……"好在接客人的人群都散了，倒没有谁注意到这种难堪的场面。

"怪我吗？"章波也憋着一肚子火，"兰姐这个电报！肯定是上飞机前才想起打的。"

到底是女人心软，她原谅满头汗珠的丈夫："天才总是不拘小节的，别怪兰姐，像她那样的艺术家，在外国，这类琐事，都是由她的经理人代办的。"她拉着章波，"走吧！别傻等了！"

"那兰姐呢？"

"肯定被别人先接走了，像她那样的名人！"

可是等到他俩赶回城里，那位团部秘书正在他家门口恭候："快去吧！已经在华侨大厦住下了。"

"房间号码？"

秘书抱歉地耸耸肩，好像他没有尽到职责似的。其实他们两口完全理解，这完全是艺术家的习性和小姐的脾气。于是，连喘息的工夫都不容，马不停蹄地又往美术馆方向奔去。

如今的服务态度真是无可指摘，很快查到了住在带有钢琴的套房房里的朱稚兰。两口子在电梯里还感慨地说："天才是严格的训练，这句话是一点也不错的。"

"一个成功的艺术家，不付出大量劳动能行吗？"杜小宁刚走出电梯，就听到走廊里传来一阵悠扬的琴声，回过头来，欣喜地对章波说："听见了吗？"

"是她！是她！"章波凝听着，一点不错，是兰姐在弹，还是那样清晰明快，还是那样强劲有力，而且弹的是拉赫曼尼诺夫，于是直奔琴声而去。

他们敲开了门，站在面前的却是在飞机场上，那个胖胖的手里不拎什么东西的女人。说句不客气的话，那样子是粗俗的、婆婆妈妈的，而且脸上的表情，一副纯粹是应付的笑容，看上去反倒不舒服。"房间号码并没有弄错啊！"章波心想，再说那台钢琴的盖子还打开着。"请问朱稚兰小姐在屋吗？"在这种场合，妻子要比丈夫有勇气得多，她以为这位半老的妇女，准是兰姐的保姆、娘姨，便抢先问了。谁知那非常标准的京腔自我介绍："我就是朱稚兰。你们二位是——"

这时，章波怔住了，她会是兰姐？那混浊的毫无光泽的眼珠，那显然经历沧桑的满是皱纹的额头，那臃肿的双腮，那下垂的嘴角，那毫无审美趣味的穿戴；天哪，还有那双手，使人联想起露出地面的盘根错节的老树残桩。半点兰姐的影子都找不到了，那皎洁水仙般的形象使他无论如何也不能相信，然而她确确实实是兰姐。

当她终于认出这个大酱缸的孩子，这个保姆章嫂的儿子，这个她教过的学生，马上，包括章波在内，下意识地朝钢琴看去，尽管那琴上一无所有，然而他和她都仿佛看到了一碟点心。

"章波！"她惊讶地叫出声来。

"兰姐！"他抓住她那双像锉刀似的手。

那胖胖的兰姐，显然有点控制不住自己，枯涩的双眼流下了两滴泪水："我都不敢认了，在飞机场我见到你们两口，我想，那不会是你们，无论如何也料不到你能这样体面，这样气派，你太太这样年轻，这样漂亮。我脑子里总还是那个大酱缸，天哪，小波，你会这样出息……"

"兰姐！"杜小宁还没有这样亲切动人到底叫过谁，"他很快就要出国去参加钢琴比赛，弹的曲子，就是你刚才弹的拉赫曼尼诺夫！"

朱稚兰那灰暗的眼珠亮了，又和多少年前一样："小波，要不是我发现你——"

"是啊！兰姐！"杜小宁又甜甜地叫了一声，"这么多年，我们一直念叨你，逢年过节总想起你，要是早知道你在阿肯色州，兰姐——"

章波惊讶他妻子的口才，像百灵鸟那样婉转，但还是拦住了她的饶舌，问着："兰姐，我们实在闭塞得很，怎么？阿肯色州是什么音乐中心吗？你住的那个城市，好像——"

朱稚兰笑了笑，像所有成名的艺术家一样不愿多谈自己，而是掏出了一张提货单："我也不知道你们缺什么，你们又那样客气，钱博士说，最好是这两样，小意思，已经给你们交完了税啦！"

果然，一台十四英　的彩色电视，一架四个喇叭的立体声收录两用机。当他俩告辞兰姐走出华侨大厦的时候，捏着提货单的杜小宁还不住回头看，好像生怕兰姐会追出来讨回去似的。

那天晚上，他俩在一家最有名的饭馆为兰姐接风，章波这才发现自己的妻子，那样能干，那样大方，什么都不用他操心。杜小宁只要他去把方老请来陪客就行了，因为方指挥曾在旧社会的北平生活过，在饭桌可以多一些话题。但是，老头子一点面子都不给地拒绝了："我去算老几！"

"不过，他不来也罢，那倔脾气，弄不好，让兰姐不愉快的。"

他妻子也没有怪罪他，一个人在心情好的时候，肚量就大了。

哦！那一顿晚宴简直热烈愉快极了，且不说女主人的张罗，陪客们的凑趣，章波的发自内心的诚挚；朱稚兰竟然高兴得每上一道名菜，都要端起照相机拍摄几张照片，而后兴致勃勃地品尝。对同行提出的音乐上的问题，根本不感兴趣；于是大家索性谈吃，章波终于弄懂他的兰姐为什么会这样胖的原因了。

艺术家的性格也真是没法，说好了要多住几天，至少要等到章波的音乐会正式公演那天的。广告都登报了，预售票也公布日期了。不，她要走了，然而按原定计划，她要吃遍北京所有著名的饭店餐厅才罢休的。主意突然改变了，兰姐已经在她下榻的华侨大厦订购了去成都的飞机票。

"兰姐，你无论如何也要听一听我的钢琴！"

"毫无疑问，你会成功的，小波！"

"不，我多么盼望你还像从前那样，用指头敲我脑袋啊！"章波接着说，"兰姐，晚两天走，把票退了吧！"

这位莫测高深的兰姐，确实有股天才的任性，一口拒绝了。甚至连去团里演奏厅听一听音乐，也好像有碍身份地婉谢了，大概一个成熟的艺术家，是最不愿意表露自己的，两口子也就只好这样来理解了。"兰姐……"章波沮丧而又失望地叫了一声。

"我已经够高兴的了，小波，你不但没在大酱缸里淹死，而且还真的成了一位钢琴家，多么让人羡慕啊！"

"什么家哟！"杜小宁说，"兰姐，比你在美国，在阿肯色州，差得远了！"

朱稚兰笑笑，在钢琴上弹了个怪声怪气的小二度不谐和音。

走了，来得匆匆，去得匆匆，这位兰姐仍旧是手里不拎什么东西，空空地走了。

在候机室里，她掏出了一个旧的，不怎么起眼的小盒子，递在章波手里："麻烦你，交给他吧！"

"谁？"

她凄苦地一笑，那一脸松泡泡的肉在哆动着："巴格尼尼！"

章波看她没有反对的意思，便打开了那只小盒，里面是缠绕在一起的，已经锈蚀的琴丝，他马上想起了那把破碎的克莱摩纳小提琴，抬起头来，试探地问道："是方冰吗？"

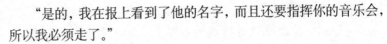

"是的，我在报上看到了他的名字，而且还要指挥你的音乐会，所以我必须走了。"

"为什么？为什么吗？"

"你假如可能，告诉他，我没有成功，他说得对，光有诞生天才的年代是不够的，还得有天才顺利成长的环境才行——"

章波瞪大了眼睛，望着兰姐，脸上显然是一个很大的问号。

她倒很冷静地，仿佛在议论着另外一个不相干的人那样："天堂的梯子太窄了，并不是人人都能挤上去，我头破血流挣扎过，结果还是跌了下来，再见吧，小波！"然后又搂住杜小宁亲了亲："我要到成都去，学一手正宗的川菜好赚钱——"

两口子都怔住了："兰姐，你的琴……"

她叹了口气："除非我甘心把钢琴堕落成爵士鼓，到夜总会去，到酒吧间去，因此我宁肯丢手不干去经营饭馆。钱，买不来天才，但能够毁灭天才。别送了，小波，你是幸运儿！"她蹒跚着随着登机的旅客走去。

杜小宁不知为什么突然可怜起这位一下子老了许多的兰姐，冲上去，抱住她，把脸紧紧贴在她的面颊上。她抬起那双显然是饱经生活风霜而变得粗糙的手，抚摸着杜小宁并且喃喃地说："要是不发生车祸，要是我那个小饭店旺季长些，淡季短些，过几年我再回来看你们，给你们带来电冰箱、摩托车！"

这位提琴手的泪水唰地流了下来："兰姐，我们什么都不要了，我们要的是你——"

"孩子！谢谢，孩子，我谢谢你们！"

三叉戟载着兰姐在蔚蓝的天空里飞远了，两口子长久地站在那里怅望着。章波，这个大酱缸的孩子却无法回答心底涌上来的问题，他在思索——

那个穿着洁白潇洒的海军式连衫裙的兰姐，到哪里去了呢？

那个在雾似的海棠花下，眸子里闪烁着光泽的聪明颖悟的兰姐，到哪里了呢？

兰姐！兰姐！也许只有你能回答我吧！

危楼记事之一

　　在 S 市 Y 大街 J 巷，有过一幢危险房屋。市政当局好像计划拆除，但也只是计划而已。亏得大家能够将就凑合，楼房里的二十家住户（自然也包括我），竟然在危楼里生活了许多年。谢天谢地，现在，谁也找不到这幢整天让人提心吊胆的楼房，它那破陋窳败的形象，已经从地平线上消失了。危楼原址正在破土动工，大兴土木。据说不会很久，S 市的最高层建筑物将在这里拔地而起。

　　危楼不存在了，但危楼的居民还在。下面所讲的，也许正生活在你周围的，而原来却是我邻居的一些故事。

　　故事之一：一个拼命节省突然发了洋财的青年工人，一个没有户口终于成为明星的乡下姑娘，一篇有关名与利的寓言体小说。

　　"文革"已经是昨天或者是前天的故事了，虽然还不到夏商周那样遥远的程度，但人们努力忘却的心情，倒希望那梦魇颠倒的日子越远越好。但是，如今提笔来写这幢互相诿嫉又互相亲昵，互相捣鬼又互相拥抱的危楼居民，不得不回到那灰暗的阴霾的十年里去。有什么法子呢？诚如一位西贤所说："正经的年代产生严肃的人，狂悖的岁月产生荒唐的事。"而阿宝突然发财而至歇斯底里的故事，确实也只能在史无前例的日子里才会出现。

　　啊！那奇迹般的十万元巨款，简直像一场荒唐的梦，随着这故事，又在我脑海里光怪陆离地出现了。我记得索尔·贝娄这样描写过："钱，那是唯一的阳光，它照着哪里，哪里就亮。它没有照到的地方，就是你看到的唯一发黑的地方。"那捆扎得结结实实，像十块沉甸甸砖头似的人民币，当真地把危楼照亮了。而光亮度最为集中的焦点，就是这位孑然一身的阿宝，一个极普通的炊事员。但是太强烈的阳光，却使这个可怜人，出现了日射症的反应，太悲哀了！十万块钱，一笔横财，幸运与苦难几乎同时降临到这个年轻人的头上。尽管与此同时，还有抄家的搜查队，还有戴红箍的专政队伍，还有幸灾乐祸的眼神，还有当时很盛行的人皆为敌的仇视态度……这一切，也许是金钱阳光没有照到的地方，围观的危楼老少，竟看不在眼里，而把双眼死死盯住那十捆人民币。就在这个时候，阿宝好像再也承受不住这有形无形的压力，口齿不清地嗫嚅了几句；满腔怨愤随着黏痰涌上来，口吐白沫，往后一仰，休克过去了。

在危楼各色人当中，也许只有乔老爷算得上是阿宝贴近的邻居。其实，阿宝是个不愿去打扰别人，也不愿别人来打扰他的人。他的哲学是独善其身，即使受过他父母托孤的、做保护人的老乔，阿宝也恭而敬之地保持住距离。尽管如此，热心肠的乔老爷还是抢前一步，扶起脸色灰白、牙关紧闭、人事不知的阿宝。而且，似乎不怕什么牵连，也无所谓忌讳，更不在乎非我族类的眼色，抱住阿宝，沿着危楼里扭曲的、摇摇欲坠的楼梯，一步一步地走下去。送这个非常需要钱，但有了钱以后却成了心病的小伙子去医院。

追着乔老爷而去的，是我们这幢危楼的居民组长，一位年过五十，但精力旺盛的范大妈，就是她把抄家的搜查队、文攻武卫队伍引到危楼来的。以一种胜利的骄傲，一种不出所料的称心劲，赶到乔老爷前头，拦住他，似乎对一个大逆不道的劫法场的罪犯，喝问道："你把他弄到哪儿去？"

其实，要不是阿宝决心摆脱这笔财富，给那帮气势汹汹的家伙，讲出巨款的下落，任凭他们把危楼翻个底朝上，也决不会找到的。凡"文革"中抄家的能手，倘非贼星照命，想趁机发财者，便是泄私愤者。或者两者都不是，只是一种暴虐狂，真为所谓"革命"者并不多。然而，阿宝却像佛经故事里所讲的造舍利塔以赎身的施主那样，他本意倒是想超脱自己，结果反而把自己造到了塔的里面出不来了。他交出了这笔巨款，理应得到表扬，哪怕是一点鼓励或者肯定，也该有的。可那些虎视眈眈的眼睛，相信阿宝还有十捆这样的钞票，藏在另外什么地方。"文革"那几年里，大家聪明得对谁都不讲真话，因而对别人的话，也决不可能相信。人与人之间隔堵墙，彼此窥测，满腹狐疑。所以只认为阿宝另有十捆，而不是百捆，应该说相当宽容的了。

抱着阿宝的乔老爷，当然恨这个被保护人，发了这么一笔意外之财，招呼不打一声。这种不尊重、不信任的情绪，使得乔老爷十分懊丧。"难道我老乔是贪小爱财之辈？要是你这个小伙子早偷偷地找我商量商量，也不至于落到这个地步！"但是，范大妈一拦一挡，乔老爷发现自己更恨的倒是这个可恶的女人，她已经不只一次引鬼上门，抄这家，抄那家，弄得本来岌岌乎危哉的楼房，更加摇摆晃晃。只要 J 巷外 Y 大街一过重型车辆，可怜的危楼便像打摆子病人那样瑟瑟颤抖。如今那帮抄家队大有不找出另外十万元，决不罢休之意，一个个像喝醉了酒似的，拆间壁墙，撬水泥地，扒天花板，非把危楼毁于一旦不可。乔老爷这个一生乐呵呵，似乎从不知忧虑的人，头一回金刚怒目式瞪着抄家得了理的范大妈，狠狠地啐了一口，梗着脖子走出危楼。

沉默，是最大的蔑视。不答话再加以一啐，乔老爷终于吐出郁积已久的愤懑之气，因为他和他那20世纪30年代当过明星的妻子，也曾被这帮职业抄家队光顾过。他老伴一点为数不多的金银首饰，就在那回抄家中不翼而飞，而且还不敢声张。因为对旧电影明星的信任程度，连阿宝的百分之五十还不到。如果你有金戒指，肯定会有金手镯，必然会有金项圈。真到棍棒齐下，皮开肉绽之时，你乔老爷该怎样搪塞？忍了吧，打碎牙往肚里咽，谁让你娶了电影明星咧！连你通红通红的好成分，也给冲淡了。其实老乔年轻时也是纨绔子弟，不过衰败得早，后来下海演话剧，剧团垮了蹬三轮，紧接着解放，成了无产阶级。没想到"文革"一来，旗手专门收拾30年代，他也跟着倒霉，但他这啐受到大家的拥护。房子固然不好，没有一家住户不怨天尤人，骂爹骂娘

的。但目前它还能挡风遮雨,还能提供你哪怕是絮一个窝的空间,而拆迁搬进新房的希望又那样渺茫无期,眼睁睁看这样折腾作践危楼,是相当愤慨的。所以对范大妈特别的不满意,尤其不满意她那张年轻时也曾漂亮俊俏过的大脸盘上,露出来的飞扬兴奋的神气,最好朝她脸上啐痰才解恨。

范大妈才不在乎这些,或者也可能她根本不曾察觉邻居们异样的眼光,追出大门外,在J巷里继续拦截乔老爷,不让他走。就在这个时候,从巷口浩浩荡荡杀进另一支人马,顿时间烟尘蔽日,喊声震天,立刻把危楼团团围住,枪炮对准,子弹上膛,电喇叭声称阿宝是他们厂子里的工人,他们有权处置,而且十万元是阿宝向厂领导主动交代的,应归工厂。拿到钱的这一拨自然不愿交上去,其实他们也未必敢私分,现在争的无非是功劳归属权的问题。双方用革命的词藻:什么摘桃派呀!什么躲在峨眉山呀!互相文攻几个回合以后,就一拨楼内一拨楼外武卫起来。中国人素以爱好和平著称于世界,在那十年间,不知怎么搞的,动辄拳头开路,枪炮说话,打个不亦乐乎。这两拨争夺的焦点,是危楼那颓败残破,本已不怎么体面的大门。经过一番拉锯战以后,门倒了,门框也散了架,门外的一拨蜂拥而进。双方肉搏血战了一番,有脑袋开瓢的,有肚皮豁开的,至于皮破血流,手足脱臼的,更不在话下了。最后双方达成协议休战,各取走五捆砖头似的人民币,撤离了危楼。劫后余生的男女老幼,从躲藏处跑出来,各自收拾被当成战场的家,最堪钦佩的,这些武斗战士于混战之中,能忙里偷闲地顺手牵羊,不失时机地捞些外快。所谓"文革"成果最大最大,就造反起家者而言,是很准确的。可危楼的大门,自此直到文革结束,一直无人过问,能掩饰危楼破败的这一点门面失去以后,每个人都赤裸裸地把自己暴露了。

阿宝的昏迷,还未到得医院,倒也无药自愈了。睁开了那双由于精神折磨而塌陷下去的眼睛,发现蹬着平板三轮的,是乔老爷,在后面推车的,却是他最害怕失去,然而并未失去的未婚妻。轻轻地叫声阿芳,两行清泪簌簌跌落下来。在那样的岁月里,连爱情都是苦涩的。

阿宝算得上是危楼的老住家户了。1957年,我由于写了篇干预生活的作品，碰上厄运，转眼间，好多朋友都做出见面不认识的陌路人的样子。为了避免他们尴尬，只好想法离那些聪明自洁的同志远点，就托人在Y大街J巷深处这幢危楼里找了个落脚之地。好像记得搬进来的时候，阿宝还没有上小学呢！这个孩子在我印象里，和他那善良得近乎怯懦，本分到愚昧程度的父母亲一样，老实得实在出奇。老实是做人的根本，但过分的老实，以至不能应付世变，显得那样迂腐、笨拙，就未必值得去赞美了。阿宝的双亲在轰轰烈烈的"大跃进"年代里，由于过分克尽厥职，以致积劳成疾。随后，在接踵而至的困难岁月中，就相继撇下阿宝和大女儿到另一个世界去了。阿宝的这位姐姐我从来没见过，也没听提起过。但我觉得正是阿宝姐姐有些什么不名誉、不光彩的污点，使得老两口一辈子像生活在瓷器店里那样，小心翼翼，唯恐碰碎什么地谨慎行事。

阿宝能熬过三年灾荒，也许算人间奇迹。虽然饿得皮包骨头，但还活着。他为什么要当炊事员呢？正是那饥饿的日子里，无数次总结经验才得出的结论。以后他上了班——这里我得为我也不怎么喜欢的范大妈记一笔，正是她到阿宝爹妈的工厂去大声疾呼直至吵闹不休，厂领导被她缠得没法，才把连童工都不够格的阿宝收留——从领一笔工资开始，直到今天，除了最低的生活费用外，一分钱的奢侈，都未敢尝试。就这样，聚沙成塔地攒下了两千元存款。可那时候，大家都信奉穷则变，富则修的哲学，越穷越光荣。于是，阿宝这四位数的存折，就成了某些人嫉恨的目标。但同时，也成了女孩子追求的对象。

要照乔老爷的评价，阿宝倘无那张存折，不会有姑娘瞧上他的。他也并不丑，大体上还是说得过去的。不知怎么搞的，阿宝的被告面孔，挨打姿态，一种似乎从双亲那里继承下来，在血管里流动的窝囊废气质，使得他好像先天理亏三分的软弱、胆怯、闪让、退避，脖颈和腰杆都不怎么直挺的神态，让人感到扫兴和灰心。但有的女孩子，爱神的箭往往不能射中她的心怀，偏偏很容易为金钱敞开心扉。所以，阿宝一看到那双贪婪的眼睛，怀着觊觎之心，紧紧盯住他胸前口袋的时候，他常常产生一种热辣辣的焦灼感，好像胸脯上抹了芥末面或者辣椒油似的难受。

"你还想挑什么天仙不成？"乔老爷有时急得朝他嚷，"你都快三十了，打一辈子光棍吗？"

老天爷还是慈悲的，它不那么势利眼，终于在"文化大革命"两派打得天昏地暗的时候，无论城市农村都被搅得鸡犬不宁的时候，在S市Y大街J巷那棵和崇祯爷上吊差不多的歪脖树下，我们可怜的阿宝，和另一个同样可怜的姑娘阿芳相遇了。

当时，阿宝正匆匆忙忙赶往工厂上班，为了节省五分钱公共汽车票钱，成年累月这样步行着。其实，整个厂子早就停工停产，几千职工以革命的名义白吃白拿。可阿宝自打进厂就在食堂，所以不论别人怎样造反有理，他得把大家喂饱。因而在十年浩劫里，真正做到革命、生产双肩挑的，唯有炊事人员。而阿宝又是其中佼佼者，连一分钟也不曾迟到过。

阿芳——请原谅我在《危楼记事》系列短篇小说中，这种对老一辈有姓无名，对年轻一代有名无姓的称呼法，主要是为了避免给我的这些邻居造成不必要的麻烦。而已经在银幕、屏幕头角峥嵘，说不定在你家墙壁挂着的明星月历上，有她玉照的阿芳，我更有责任为之隐讳。这随便起的名字，只不过是个代号而已。你可千万别去索隐推测，以致对当代明星产生误解——显然还是第一次背井离乡，从遥远的同样被"文革"风波搅浑了水的乡下，来到S市谋生。她迷了路，找不到她要投靠的人家；而且也走累了，靠着那歪脖树歇歇脚，盘算下一步该怎么办？

也许是她那可怜巴巴的神态，那怯生生、孤立无援的模样，那被刚睡醒的城市所特有的喧嚣纷扰，惊吓得茫然无主的眼色所吸引，阿宝才迟疑地停下来的吧？其实，要不是早些时候，被推了阴阳头的朱大姐（这位过时的电影明星总希望自己年轻，所以喜欢大家这样称呼她）曾经打算仿效她先祖朱由检那样，在歪脖树结束屈辱羞耻日子的话，阿宝决不会驻足，以疑虑的神气打量阿芳的。

朱大姐并不想死，只不过一时气短，悟不过来罢了。等到也是上早班的阿宝，把她从树上抱下，那一口背过去的气，终于缓转过来的时候，她才真正感到活着是多么的好，而且，小巷里的空气是多么的清新宜人。这个一辈子不曾生儿育女的明星，像母亲似的搂住阿宝，简直疯狂了似的亲他，感谢他把她救了，还千叮咛万嘱咐："千万别告诉你乔大叔……"但是，谁知是范大妈有某种特异禀赋，还是她有着业余侦缉的嗜好，好像什么事情都脱不了她那对年轻时也很动人的眼睛。她嘿嘿冷笑一声，揪住这位寻短见者，押往造反部，以企图自绝于人民的罪名，把朱大姐另一半头发也剃光了。"这样也好——"乔老爷端详半天后说，"要是演《阿Q正传》的小尼姑，倒不用费事了！"

还是这棵歪脖树，还似乎是不久前的场面，结果又被似乎像上帝无所不在的范大妈碰上了。她这一回不是嘿嘿冷笑，不是连忙报告，而是猛扑过来，像老鹰抓小鸡般的，想一把攫获住阿芳，撕个粉碎似的。

阿宝也诧异范大妈那凶恶枭厉的样子，而阿芳——她不像今天这样见过世面——被那五官挪位，肉丝都横起来的脸，吓得直是嗦嗦地抖。尤其那沙哑的声音："你干什么？你想在这儿干什么？……"如同多年不上油的车轴在转动，使人感到扯心拉肺一样的难受。她求援似地叫了一声："大哥——"期望着阿宝，此时此地也只有他能证明，她在这巷子里，除了歇歇脚，什么坏事也没做。阿宝这个人，虽然有那种胎里带的软弱，但他的同情心，也并不比别的正直的人少一点。不过，自觉地位卑下，力量微薄罢了。但今天，也不知从哪凭空增添一股勇气，竟敢斗胆拦住范大妈，护住已不知所措的阿芳。

范大妈胳膊一震，没想到一个软柿子的阿宝，竟敢公然抗拒或者蔑视她的权威。开头，她只是出于一种好意，认为这棵歪脖树，肯定有找替身的吊死鬼在作祟，朱大姐上吊未成，现在又来个讨死的。所以，她恶狠狠地扑过去，倒不冲阿芳，是冲阿芳背后那个伸出尺把长鲜红舌头的吊死鬼。她看不见，但她相信有。实际上她有点迷信，而且她认为自己佩戴的"文革"期间很盛行一时的革命装饰品，具有某种降妖伏魔，驱邪避秽的功能。这自然是可笑的，有些荒诞不经。可她，却是至诚地相信，你拿她有什么法？正如她早年间装神弄鬼一样，硬说有位仙姑附在她身上。搬到危楼以后，还闹过两回，她丈夫那样狠狠揍她，也无济于事。一折腾就是半天，遍地打滚，口吐白沫，还说一些莫名其妙的鬼

话。看来，只有鹤翔庄的自发功可以解释这种悖谬了。但是，胳膊震麻以后，立刻意识到这是妨碍他履行职责。一种似是天赋神权，范大妈批准自己监管坏人，并且防范那些可能沦为坏人的好人。前者如黑五类、黑九类；后者则由她疑神见鬼去划圈。至少在危楼里，能够让她放心的，绝对纯粹的好人家是没有的。甚至像孤儿出身的阿宝，她也总用眼角的余光瞟着点儿，好像他那样节衣缩食，揣有不可告人的目的和野心似的。尤其有一回，邮局把一笔汇往灾区的百元款项，东找西查，终于证实是他寄的，并退还给他的时候，阿宝死活不认这个账。这件事轰动危楼，它使人们看到虽然卑微，虽然无足轻重，虽然像躲在窝里不敢探头的鸟那样的人，有颗多么良善的心。尽管他非常节省，但并不吝啬。可范大妈却从此认定阿宝的钱来路不正，于是他成了她心目里另册上的人。"好！你竟敢和盲流串通一气！"马上严词责问，"她干吗的？她找谁？她有证明吗？她什么成分？你——"范大妈转脸对阿芳，"走，跟我到街革联去谈谈！"

乡下姑娘哪里懂得街革联其实是街道造反革命联络站的简称呢？那时候，群众组织多如牛毛，甚至在动物园的猴笼里，不知谁塞进一块木牌，上面居然写着"红面猴造反总部"。这当然是恶作剧，但猢狲们不知底里，上蹿下跳地抢着玩，倒也是现实的缩影。我一直怀疑是乔老爷干的好事，但他矢口否认，可又不掩饰脸上流露的得意之色。阿芳哪有乔老爷的胆量和幽默感呢？一听要谈谈，便知道不是好去处，连忙以乡下人的聪明，拔脚就跑。

范大妈马上就判断她不是好人，只有坏人才心虚胆怯，大喝一声："站住！"随即追赶过去。阿芳慌不择路，摔了一跤，连随身带的包袱也来不及拣，爬起来没命地冲出J巷，很快消失在Y大街的人流里去了。

阿宝也许是有生以来头一次，体会到一个男人保护不了一个女人的屈辱，他感到十分痛苦。以能够与范大妈媲美的高嗓门，冲她恶狠狠地说："你像话吗？欺侮人！她怎么碍着你啦！"

"欺侮？"范大妈不解地重复一遍。那腔调，表明了这个字眼在这种场合，纯属多余。对于被她监管和需要防范的对象，这种欺侮，不仅是必要的，还是正当的。她就是这样认为的。

阿宝挟着这个轻巧的，和主人同样单薄可怜的包袱，走到巷口，站在范大妈视线以外的地方等候。他估计，过不一会，这个乡下姑娘会踅回来寻找。阿宝等啊等啊，一直到无法再等的时候，买票坐车去厂里给造反派做饭。午饭开完，又掏五分钱回来再等，白白耗去一个下午，不见她人影。傍晚，阿宝接着等，在路灯下，溜达到深夜。实在太晚了，才姗姗回家。阿宝自己也诧异，怎么这样诚心诚意地等一天？是因为她可怜？因为她受欺侮？因为她叫了一声大哥？因为她那苦楚动人的面容？因为那双只消看一次，就永远忘不了的眼睛？……

他的心不那么宁静了。

几经踌躇，阿宝解开了她包袱，多么寒伧单薄的内容啊！真有点像某些人提倡的三无小说那样空空如也，唯一的奢侈品，是面小玻璃圆镜。镜子背面夹着的当然应该是她本人的照片。但阿宝怎么看，也和早晨在巷子里见到那姑娘吻合不起来。看来乡镇上的照相师也有其独特的天才，能把人照得完全不像自己。和我们读某些特级作品一样，评价的好和实际的好，常常总不吻合，看来权威的眼睛并不权威。

就在此时此刻，一种淡淡的、不可捉摸的脂粉气息，令人烦恼地钻进他的鼻子。可当真地去闻，依旧是他寒酸破旧屋子里特有的霉味。然而，稍停片刻，不经意间，那温馨的香味又轻轻袭来了。他不由得问自己："她这会在什么地方呢？没有钱，没有粮票，而且说不定没有一个肯帮助她的好人吧？……"霎时间，一种同情，一种关注，一种比同情和关注还多了些什么的感情，从胸臆间油然升起。于是，他再也不能安然地在床上躺着了。决心到此时此刻，所有无家可归的人，唯一存身之地的火车站去寻找她。

迈出这一步是容易的，但为这一步所付出的代价，将是异常沉重的。假如阿宝当时要能预见到未来的话，也许脚步会迟疑，不像这会儿兴冲冲地在马路上奔跑。那速度，真好比两肋生翅，脚底生风，冲刺似的朝S市那总搭着脚手架，总也修不好的车站票房飞去。心头那股热劲，连他自己也不明白从哪来的？仿佛刚出笼屉的馒头，塞在他胸膛里似的，那样实在，那样熨帖，以致

他的保护人大清早在巷子里撞见以后，听他如何如何地讲了一通，立刻警告他的话："那可是个无底洞！"他压根儿没往心里去。

"阿芳说了，她不会拖累我的，她能养活自己，说不定还可以帮助我咧！"

乔老爷嗤了一下鼻子："说得好听，到头来还得靠男人养活！"也许他正和他老伴，从街革联请罪回来，心头老大的不顺。这种洗心革面的早课，是给坏人准备的，乔老爷当然不算，但他老伴算，因为是30年代臭明星。谁曾想到"文革"风暴制造了那么多的家庭悲剧，这对本来是半路夫妻的两口，倒越发风雨同舟地亲密了。乔老爷心甘情愿降格为坏人，陪老伴请罪。从此，他每天清晨去装作虔心忏悔的样子，而且每次都能泪流满面，表现出内疚和自责的痛苦。这使得许多同时请罪的坏人，秘密地向他取经讨教，乔老爷也丝毫不保守地传经送宝。原来倒是朱大姐早年拍电影所用过的，一种极原始的刺激流泪的办法，往手背上抹一点辣椒面，必要时揉揉眼睛，泪水就辣出来了。于是大家都仿效行事，每天的早请罪就变成了一场流泪竞赛。头头们作为改造坏人的成绩到处宣扬，还开过现场会让人们参观以乔老爷为首的流泪表演呢！

阿宝振振有词地回答他的保护人："你都能为朱大姐把眼睛辣成了红眼耗子，我怎么就不能为阿芳——"

乔老爷截断他的话："这姑娘再好，她的农村户口，是你一道过不去的关口！"

"范大妈她答应帮忙——"

"什么？老范婆子？"乔老爷眨巴着辣劲未过，泪囊肿痛的双眼怔住了。

然而，确确实实是范大妈。

阿宝怎么也料想不到会在票房里，碰上他恨不能咬一口的范大妈。而且更出乎意外的，正是这个范大妈，在挤得满满登登的，上访告状，革命串联，等待接见，和买票签证的人群中间卖茶汤。尤其让他惊讶的，还是这个范大妈，竟然扬起胳膊招呼他，语调是那样亲热，"快过来，阿宝，帮帮忙！"

他糊涂了，不知究竟哪一个是真的范大妈？危楼里那人皆为敌的眼睛，怎么也嵌不到这张做生意的殷勤笑脸上。其实，这正是阿宝的天真之处，在那灰暗的十年里，有多少人向我们展示出双重人格和两面嘴脸啊！不过有的弥合得巧妙些，天衣无缝，浑然一体。而范大妈则是属于煮夹生了的饭之类，不免有点硌牙。就如同读有些作家所炮制的作品，外面是国产包装，内里却是洋作家名篇的翻版一样，不仅硌牙，还会让人倒胃口的。阿宝尽管十分地不乐意——他来车站并不是为了帮她做买卖啊！可那张笑脸（据说早些年也曾风流一阵的）使他不得不费点力气，朝她那儿挤去。但双眼却在密密麻麻的人群里，寻找他一心一意要找到，而且必须找到的那个乡下姑娘。那份迫切的心情，让人感到不是她的包袱丢在他这里，而是他的什么重要东西，被她拿走了，急着要找回来似的。范大妈显然注意到他神不守舍的状态，便问："你怎么啦？阿宝！"

他能对这位事端制造者说什么呢？只好恭喜她生意兴隆："想不到这么晚，会有这么多人！"

"你还没见过大串联那阵——"她神采飞扬地回忆不久前那有史以来的壮举，一次上亿人的全国免费大旅游，"哦！我这批过准的，忆苦思甜茶汤，三毛钱一碗，五毛钱一碗，有人还抢不到手呢！"

因为阿宝在炊事班工作，虽然他独善其身，不问世事，但一把炒面，一匙糖，冲上开水，该值多少钱，是算得出来的。现在卖两毛一碗，已是对折拐弯的利润，竟敢百分之三百、五百地牟取暴利，而丝毫不妨碍她自以为很革命的左派身份。阿宝虽说政治头脑少些，也对她坦然自若的神态，有点纳闷。这个年轻人心里琢磨："她会一点不害羞！"

傻兄弟，比她更心口不一的，比她还要下作，讲漂亮话而干不漂亮事情的人，从来也不像在"文革"期间那样公开的无耻，简直到了赤条条无牵挂的地步。范大妈只不过是这支长长队伍末尾的一个小卒罢了。至少她在收摊的时候，把赚得的几块钱，塞进口袋以后，说不上是高兴还是忧愁，破天荒充满人情味地对阿宝说："我要像你有那么多存款该多好，毛毛也能从插队的乡下办回来了。唉，我也不必半夜三更在这儿挣钱，贴补她的工分了！"

她又叹了一口气，心情那样沉重，以致阿宝不禁扭回头去打量她。

他们走出永远不拆的脚手架，到车站门前的广场，天色已经微明。这时，范大妈才想起来问他："阿宝，你干什么来啦？"

"昨天早上，你在巷子里，那歪脖树下——"

范大妈恍然大悟："敢情她是你对象？"

"啊呀，你说哪儿去了！范大妈！"阿宝埋怨她，"你把那姑娘打跑了，可包袱丢在——"

"你放心！"范大妈说得那样轻描淡写，"昨晚上我在票房见她来着——"

阿宝紧紧抓住范大妈的茶壶水碗篮子："人呢？"

"我把她扭到车站派出所，交给警察了！"

"你啊！"他搡了她一把，差点把范大妈业余挣钱的饭碗砸碎。

这回范大妈倒没有着急，也许因为她年轻时曾经风流过，甚至成家之后，生儿育女，还暗地里与旧日情人来往。所以她装神弄鬼，惹得死去的毛毛爸死命揍她，都和这段情缘有关。因此，她拉住要去派出所找人的阿宝："你相上了她？"

阿宝急于要走，没好气地："相上又怎么样？"

"可她是乡下人！"

"乡下人怎么样？"阿宝不完全是赌气，但语调听起来很像："我偏还不愿意找城里人呢！"

"那你可得大把往外撒票子，户口、工作，这两样你要想办成，哪样也得一个大数才行！"

"只要有价码，不愁没办法！"

也许她被年轻人的至诚感动了："要是你真肯掏钱，大妈许能帮你个忙——"她抬头一看车站大钟："不行了，我得赶紧回去，管着那帮坏人请罪，让他们老老实实——"那种神圣的使命感，唤醒了她灵魂中另一个人皆为敌的范大妈，刹那间，那张人情味的脸，布满黑沉沉的疑云，嘴角、眼角、鼻翅都凛然收紧。阿宝急于找人，才不愿意多看她这窦尔敦式的面孔呢！扭身朝车站派出所跑去。

假如不是阿宝赶到，阿芳肯定随着那装满盲流的列车，被遣返到遥远的他乡一去不回了。他冲到停在货场的那列闷罐车上，挨个地从每节车皮，每张面孔去寻找那对难忘的眼睛。一面查看，一面也吃惊车厢里竟然装得下这么多人。其实，这有什么奇怪的呢？把人变成货物那样对待，就可以随便堆码了。而且，人通常在得意时才膨胀，落魄时就收敛，到挨打时，自然要缩成一团，减少接触板子的面积，所以很有点像罐头沙丁鱼那样挤得紧紧的。

车头已经拉响汽笛，准备起动，阿宝满头大汗，心都急得跳出来，也找不到他要找的那位不知姓名的姑娘（要是知道的话，也可挨着车皮喊叫）。也许他觉得这一次要失去了她的话，大概这世上再不会有那样一双吸引他的眼睛了。即使在车轮缓缓转动，完全绝望的这一刹那间，他还紧紧盯住每一张从眼前闪过的脸。天哪！阿宝几乎疯狂似的跳起来，拼命地喊了一声："下来，快跳下来！"他一眼瞥见了在人群里，正好奇地向外张望的阿芳。

阿宝来回寻查的时候，她清楚地看到过的。但她把他忘了，可经阿宝这一声几乎是力竭声嘶的喊叫，马上省悟过来，而且毫不犹豫，动作是那样麻利迅速地，从人堆里跳下了车。

她当然不是为那包袱跳下来的，也不是为有一副被告面孔的阿宝跳下来的，她是为可能展现在她未来生活里的世界，扑向阿宝的怀里。现在很难考证，那是不是她第一次的即兴表演？她成功地扮演了妹妹的角色，而且使人相信，由于她哥的窝囊老实，差点当盲流给遣送外地。她的眼泪，她又急又恨的神色，再加上阿宝那一时不知该怎么说好，和终于找到的高兴，两者混合起来的狼狈相，歪打正着，被持枪弄棒的工人民兵释放了。

谁知是命运的捉弄，还是我们生活的这个世界，实在变化莫测，你想得到的东西，哪怕你尽量回避，也很容易地落到你的头上。乔老爷解放前在剧团混饭吃的时候，那样追求已经没落的明星朱大姐，人家还是嫁了个资本家。等到了新社会，这位蹬三轮的无产阶级，拼命想得到他非常渴望的，譬如党票，譬如职务的时候，被遗弃的朱大姐，使他躲不迭地找上了门。从那以后，直到退休时为止，一直是门市部主任，而这个门市部，连他也才有一桌人。范大妈不也这样吗？那么多年，偷偷摸摸和情人来往，且不说得到他，私下见一面，很可能要付出被打个半死的代价。如今，丈夫去世，女儿插队，自己"革命"的时候，却害怕这段旧情了。

75

怕他来，他还真来了，轻轻地敲她的窗户。她求他走，她说她造反了，戴上红袖箍，就不兴再动凡心了。可窗外人执意不肯离开，差不多天天来纠缠，范大妈害怕自己沉沦便报告了，那情人差点被打断了腿。结果也不管用，你不想得到的东西，是不容易摆脱的。那位实际是毛毛的生父，仍旧不时来打扰。似乎我们的阿宝，也如同危楼前辈，经历着想得到而得不到，想推而推不掉的两种格局的磨难。

你决不会想到你的影星月历上，那位最时髦、最洋气的女演员，是我们危楼的阿芳。假如我不给你讲这个故事的话，恐怕难以从她时尚的打扮，摩登的装束，以及通体的浪漫色彩，而知道她曾经是土地的女儿。拿作家刘绍棠喜欢说的话来形容，那就是头顶高粱花，从柴禾棵子和土坷垃中成长起来的孩子。然而人的适应能力也真强，尤其女性，追赶时代潮流，几乎是一种本性。曾几何时，最初走进危楼那阵，还算是朴实单纯，带有乡土气息的阿芳，当阿宝拿出存折上的二分之一款项，为她解决了户口以后，她就成了一个城里人，连 S 市那种小字眼和儿化韵，也学得惟妙惟肖。接着，阿宝又用剩余的二分之一款项，给她谋到了一份在国营单位的工作（要是集体单位，可少花几百元，但阿宝还是狠了狠心与存折告别），这样，她穿起可身的涤良军便服，背着绣有"为人民服务"红字的，但必须洗白了的军绿色挎包的时候，不知底细的人，常常把她当作部队文工团的舞蹈演员呢！这时，即使拿放大镜，也找不到她一点属于乡土文学范畴的事物了。相反，她倒有资格嘲笑那些怯打扮的同伴，这和有些人自以为写出一点毛姆的冷峻，或者加缪的淡漠；会在作品中贩卖些洋式的玄虚，便藐视一切，性质是相同的，都属于自我感觉未免太良好的假洋鬼子一流人物。

接着便该是危楼居民拭目以待的婚礼了。因为作为邻居的我们，总担心阿宝这种爱情至上主义，会不会得到阿芳相应的回报？真是到了黄金散尽还萧瑟的时候，她变卦了怎么办？你了解她吗？阿宝，你知道她的底细？她的来历？她的家？她的父母？以及她的脾气性格吗？当她的变化越来越快，越来越大的时候，人们不禁为他捏把汗了。问题归结到一点，只有结婚才能证明阿宝

这大把钱花得不落空；当然，也只有结婚，才能证明阿芳不辜负这一番情意。可婚礼却迟迟不见动静，不免引起一些议论。危楼的人，实际应算一锅良莠不齐的大杂烩，互相咬起来——常常为一丁点大的事端——竟谁也不肯撒嘴。可是，我的这些邻居，又会为实在不相干的缘由，彼此搂抱在一起，海誓山盟，同仇敌忾。譬如阿宝与阿芳的事情，全楼的人几乎都团结起来，不赞成越来越漂亮的阿芳，而越来越萎靡的阿宝，虽然恨他太多情，一致认为他这种自作自受的苦恼，纯粹是活该的。但同在一个屋顶下生活多年，自然地为他愤愤不平。其实，这本是杞人忧天，即使结婚了，不也照样离婚么？但一时间竟成了危楼谈话的主题。也许"文革"期间，除了那些捞到什么的，和失去什么的两拨子人有事干，其余的也实在百无聊赖，才会这样没话找话来消遣吧？

我所以说几乎都观点一致，危楼里还是有人并不这样看问题的，一位是阿芳暂时在她家借宿，认她是姑的范大妈。她总是说："急什么，还不到年龄！"听起来，这是掌握政策的人的口气，事实上她是怕阿芳出嫁，她失去了一个免费劳动力，影响她的茶汤生意。另外，一种悻悻然的心理，她也不大乐意看到阿宝痛快顺利地达到目的。"没想到这小子真肯下大注！"她多少次埋怨自己的失算："早知道还不如把毛毛许给他咧！"所以后来在给阿芳办户口的时候，她也只是表面上张罗，并不真的卖力。甚至到快解决时，她暗地里又去捣鬼，想法不让他们成功。但是到底"农转非"了，气得她那晚上不去车站做生意，早早关灯睡了。和她做伴的阿芳也摸不清她犯的什么劲？直听她在床上翻来覆去，因为她卖茶汤已养成夜间工作习惯，怎么也睡不着，而且脑筋清醒得厉害。她思忖，难道这丫头命好，告密居然不起作用，后来她豁然通了。人们造反夺权，像动物园猢狲那样抢来夺去，无非想捞点好处。阿宝那张存折，是最有力的通行证。不论你怎样使坏捣乱，也无能为力。钱，比亲爹的话还管用。想到这里，她骨碌从床上爬起。

"姑，你干吗？"

"睡他娘个屁，还是到车站挣钱去！"

她不同意大家的看法，因为她认为自己代表政策，或者是政

策的化身。其实当时比阿芳年纪还小的姑娘，都睁一只眼，闭一只眼地准许登记了。一些妇女闲着没事，索性超过指标在家生孩子玩。可在她管辖的范围里，要有能够作践人的机会，一般是不放弃的："按政策办嘛！"

其实，她的政策，只要一盒不超过三块钱的糕点，就可以改变的。

另外一位，就是乔老爷的 30 年代了。

朱大姐自从成为荒诞派戏剧《秃头歌女》这四个字的形象以后，就不大好意思抛头露脸，终日在危楼蛰居着。尽管她吃核桃仁，抹生发油，尝试偏方，头发也像三类苗一样长势不旺。因此，她需要一个听众，听她讲她的黄金时代。阿芳便成了最合适的人选：第一，她什么都不懂，你怎么讲她都相信；第二，她求知欲极盛，什么都想知道。危楼的人没有一个不曾听过三遍四遍，都尽量躲着她，生怕她拉住你，给你沏茶，端出点心，央求你坐下来听她讲 30 年代。她知道我因为写小说当了右派，私下对我说过："我最爱看张恨水的小说，看一回，流一回泪，害一场眼病，水银灯把我的眼睛烧坏了。想当年，我们在徐家汇联华公司拍片——"说到这里，她去抱热水瓶，我连忙借故离开，否则，只要沏上茶，就得痛苦地当一个小时的听众或观众。

也许人一到了这一把子年纪，都有讲讲自己过去的欲望？所以她不赞成阿芳匆匆忙忙结婚，那样的话，阿芳该关心阿宝怎样在学炒菜，怎样在红案、白案上忙着的事情，不会听她讲怎样拍《荒村女侠》、《白衣大盗》、《妈妈，我不嫁人》之类电影，和老板们、小开们怎样追她、捧她的光辉历史。只要范大妈出去公干，朱大姐便从床底下掏出来未被抄走的老电影画报、老相册、老唱片（百代公司给她灌的电影插曲），让阿芳见见世面。

唱片转动着，摩擦的沙沙声压倒了当年朱大姐嗲声嗲气的歌喉。对只懂得语录歌与样板戏的阿芳来说，这支古老的流行歌曲，并不感到多大兴趣，倒是那张沉醉在遥远歌声里的面孔，总吸引着阿芳。她说："姨——"这位嘴甜的姑娘把朱大姐从 30 年代拉了回来："你一听这歌，你就年轻了，跟这些照片一样！"

朱大姐翻着相册，抚今追昔，多么怀念逝去的青春，和一去

不再来的浮华岁月。她对阿芳说："你干吗着急嫁人结婚呢？像你这张脸子，要是——"

"要是什么？姨——"

她没有对阿芳讲，却把下文告诉了丈夫："真的，像阿芳这张上镜头的面孔，要退回去多少年，贴上电影公司老板，再认个阔姨太当干妈，你愁她不会红得发紫？"

乔老爷的金鱼眼差点没暴跌出来。连忙登上三楼那间有门无窗，应该叫作阁楼或亭子间的屋子，其实叫作大壁橱，也许更恰当些。阿宝正在吭哧吭哧地刨木料，汗流浃背，根本没顾到保护人站在走廊里打量他。

"阿宝——"

他吓一跳，连忙站立起来，两手垂着："哦！大叔！"

"阿宝，你们的事到底打算什么时候办？"

他凄苦地一笑："等把钱攒得差不多了！"本来他就是一张自觉心虚胆怯的脸，再加上一副哭相，谁看了也不受用。据说，他学炒菜手艺也是有长进的，然而，他要到敞开窗口的小炒部去显身手，人家一看那张脸，再好的炒菜，也吃不出香味来了。

"那你到哪年哪月？你就不怕鸡飞蛋打？"

"不会的，大叔！"我们这位阁楼上的罗密欧，很有信心地回答。

"我是怕你两千元扔在水里，万一——"

"要阿芳真是那样的话，我也——"这时，阿宝那种殉教徒的哭丧相，把乔老爷给气跑了。

我很钦佩阿宝，以一种中国风格的，特别能吃苦耐劳的韧性，来攒他结婚的费用。一般讲，食堂炊事员的伙食费，是比较低的。但为了省出每一个铜板，他退了伙。自己以贴饼子、大酱，和那年夏天，一毛钱一筐的处理西红柿，来解决肚皮问题。另外，又想尽一切办法，使最少的钱，产生最大的经济价值。怎样让壁橱成为新房，而又使自己干瘪钱袋能负担得起，着实让阿宝伤透了脑筋，跑细了腿。罗密欧决用不着给朱丽叶去打沙发，但阿宝必须努力。因为"文革"已革得家家户户都沙发化了，那时的 S 市，可称为沙发城。好像大家并不真的想着，世界上还有三分之二的

79

受苦受难的劳动人民，只图自己受用。阿宝也算一个，因为他随大流惯了，难能免俗。而穿上了"文革"时装，梳了两把刷子头的阿芳，更是追赶时代的先锋。

幸好当时正在处理抄家物资，阿宝终于花几块钱买回一对单人沙发，那狼狈破旧的样子，和危楼有点近似，那肮脏灰暗的德行，与阿宝倒相当般配。阿芳一见他拖回来，像拖回两条癞皮狗，心里马上就堵了一大块，那时她脾气好，不像后来她对阿宝不客气，但也微露怨言："看你——"

阿宝当然明白便宜没好货，便安慰未婚妻说："别看这沙发不像样子，可簧好，是德国货！"

一听到德国货三个字，已经完全祛除了乡土气的阿芳，马上表现出一副诚惶诚恐的姿态。

命运之神也真会给人开玩笑，给这个拼命节省的未婚夫，带来了一笔横财。假如是五百元该多好！加上已攒下的数百元足够了。但是，他得到不是五百，也不是五千，而是在两只旧沙发里，各找出五万块钱。整整齐齐，像十块砖头出现在他面前的时候，这种慈悲实际上和惩罚也差不多。我想起另外一篇寓言体小说，一个贫穷的意大利男孩，收到一份从异国寄来的礼单，当他兴冲冲到海关领取的时候，没想到却是一位曾来那不勒斯旅游的印度王公，为了满足他的欲望，而送给他的一头活着的，有好几吨重的巨象。现在，阿宝和那意大利孩子一样，傻了！

问题就出在德国簧上。

这就是迷信的结果了，譬如我们有些作品，其实未必好，但只要洋人鼓了掌，国人就定有跟着喝彩的。有的时候，洋人的意见，权威的评价，和乡镇上照相师的美学观点，水平也差不多的。那破沙发里的德国簧，没过几天，一坐下去，再也不肯恢复原状了。阿宝只好拆开来修理，若不是动手那天晚间，有最新指示发表，本可以免去一场悲剧。在危楼里，想瞒过范大妈那双业余侦缉的眼睛，几乎是不可能的。我不知道她是否像朱大姐爱读张恨水小说那般，在研究福尔摩斯探案？她确实具有这方面的天赋。然而，偏偏那天晚上，她把危楼全体居民，都带到Ｙ大街上去游行了。

阿宝本不能请假，但危楼人也自有公道心肠，都愿他花了那多钱以后,早点结婚,免得发生意外,大家都尽力帮忙。危楼虽小,人才济济,什么处理品,便宜货,假公济私,开个后门之类,还是有办法给阿宝省几个钱。甚至在派出所挂了号的,以打架斗殴闻名的危楼二双——一对孪生兄弟,也愿为阿宝效力。不过他们能量不大,顶多就是:"用得着咱哥俩给谁一点颜色看看的地方,阿宝哥,你尽管吩咐!"所以大家一致赞成阿宝留下看家,顺便改造沙发。范大妈也不敢太违反民意,便率领众人,浩浩荡荡出发了。

幸福,最好是细水长流,要是如山洪暴发、河堤决险似的冲来,这种足以把人溺毙的幸福,还是躲远点为佳。可阿宝太需要钱了,如饥似渴地想得到它,现在,这十块砖头,让他不知所措了。最新指示通常要安排到深夜才播放,至今我也没能悟出这样安排的道理。等到庆祝完回来,已经微明,但推开阿宝那扇从来没关过,今晚偏偏关紧的门,发现他竟然坐在沙发上,两眼直勾勾地,如醉如痴,像是中了邪。在人们印象里,阿宝和医院不沾边的,摸摸脑门,除了一点冷汗,并未发烧。但他说出来的话,倒有点像谵语似的不知所云。"大叔,要是一个人快饿死了,捡到巧克力糖,你说他怎么办?"

据说,乔老爷年轻时学过法律,肯定读过犯罪心理学,应该能判断出这正是作案契机的流露。可他心思全用在泡女演员,客串演话剧上,结果混个不良不莠。他一点不考虑他的话会起到什么作用,以小市民贪便宜的口吻回答:"那还用说,捡起来往嘴里一扔,有什么好客气的!"好像不吃,倒是天大傻瓜似的。

"不犯法?大叔,确确实实是捡的——"

"只有小孩,才把捡到的钱,交给警察叔叔。"

第二天,阿宝给已经进她们厂子业余文工团的阿芳打个电话(顺便说一句,她已搬到单身宿舍去住了),让她回来一趟。因为危楼的人,倘非长着防贼的两眼,便生有做贼的双目,那份敏锐,无异X射线,直扫心胸肺腑。他不敢长时间离开屋子,从十万元到手,每分每秒他都在紧张不安的状态中度过。

好半天,阿芳才来接电话,也许电话传声音质不良,他听起来很像朱大姐灌的那张唱片。"这怎么能行呢?我刚刚得到了一

个角色！"

"什么？"阿宝没弄懂她得到的什么东西，但她声音里透出的惊喜、紧张、兴奋、不安的心情，他猜想，难道她也发了横财？

人各有志，阿宝和阿芳的区别，某种程度类似现实主义与浪漫主义的分野，阿宝脚踏实地，重谋生之道，尚利而不尚名；阿芳展开幻想的翅膀，对未来有许多美丽的梦，所以求名重于求利。她在电话中怎么能讲呢！别看现在是连句台词都没有的群众角色，而许多名演员，都从这个台阶起步，登上成功的宝座。

"你赶紧回来，阿芳，无论如何——"

阿芳也听出未婚夫语音中严重的成分，只好赶回危楼。阿宝见她进屋，急忙把门关紧，掏出秘藏的十捆万元人民币，使得好不容易变成城里人的阿芳，又变回去了，那种没见过多少大世面的土包子相，出现在那漂亮的脸上。

"怎么办？"

"你说怎么办？"阿芳反问。

前一个怎么办，显然是缴，还是不缴？而后一个怎么办，听得出来，实际是怎么用的意思。求名者并不反对利，兼而有之，当然更好。阿芳开始和未婚夫盘算，怎样来消化这十万元，真可算一道煞费苦心的难题啊！

乔老爷下午钓鱼回来，马上觉察危楼气氛不大正常，有几个人正交头接耳，窃窃私语。尤其范大妈，还做出维护道统，义愤填膺的样子，一把拉住老乔："你快管管他们吧！大白天，也太不像话啦！"然后跺着脚："丑死了！丑死了！"

乔老爷是什么角色，马上明白怎么回事。一看范大妈那份假正经，淡淡一笑，故意气她："这有什么？谁不打年轻时过来！"

"那也得有时有晌！"

"半夜三更敲窗户，好？"乔老爷反唇相讥。

范大妈立刻脸上生霜："造谣可耻，我就知道你们对新生的红色政权心怀不满！"

"你上纲我也不怕，咱们就事论事。"

"就是你们这对资产阶级，把年轻人拐带坏了。告诉你，放老实点，我成分好，就能管你！"

"我蹬过三轮，怕你！"乔老爷打出王牌。

她也祭起法宝："你老婆是臭明星，黑帮！"于是，互相揭底，战斗升级，说来也怪，屁大事也能引起全楼大战。有的烧阴火，有的假劝架，有的帮倒忙，有的在起哄架秧子。这种经常爆发的争吵，轻则动嘴，重则动手，实际上是一种穷极无聊的精力发泄，是人们在看腻了样板戏以后的业余文化生活。直到阿芳搀着阿宝出来，人们才愕然吵了半天，竟把吵架的起因给忘了。阿芳向大家解释："他不舒服，我陪他去诊所！"说着，两人并肩走出已经失去了门面的大门。

乔老爷马上占了优势："病成这样，亏你们想得出来。"

范大妈是干什么的："哼，我掐着表来着，好几个钟头，再壮的小伙子也架不住！"

其实，那好几个钟头，是两个年轻人在房间里，正想方设法藏到别人绝找不到的地方。范大妈已经到另外一个世界里去了，按西方习惯，对死人应该宽容，这位与危楼几乎同时终结生命的人，心底里良善的本质，还是时而流露的，能让人见到一个真的范大妈。记得她缠绵病榻数月，知道自己快不行了，不也让毛毛去把往昔绝不让进门的蔽窗人请来，等那位头发斑白的钟表修理匠，坐到她的床边，她已经说不出话，只是把手让他握着，然后，慢慢地闭上了眼，离开了人世。这是后话。

就在那次争吵以后，她改变了政策，从反对阿芳结婚，到支持他们早早办事，一来茶汤生意，阿芳早不帮忙了，二来她也觉得应该理解年轻人，甚至坦率地说："乔老爷说得好，谁年轻时不曾饿狼来过？"

其实乔老爷并未讲过饿狼，是她发展了的。有人说阿宝送她一条过滤嘴烟，才准许不够年龄的阿芳办结婚登记。恐怕未必这样。我就记得有一回，范大妈把她养的两只刚打鸣的小公鸡宰了，浓浓地炖了一砂锅，端到三楼阿宝屋里。

"吃吧，阿宝，连汤带肉全吃下去！"然后，坐在对面瞅着他吃。"孩子，你可要爱惜你的身子！"

我敢发誓，她那温柔慈祥的样子，把我这个旁观者都打动了。

"孩子，那种事情怎么能过分呢？看你，才几天，两眼都眍

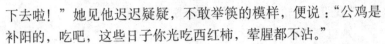

下去啦!"她见他迟迟疑疑,不敢举筷的模样,便说:"公鸡是补阳的,吃吧,这些日子你光吃西红柿,荤腥都不沾。"

阿宝刚刚在烤鸭店,和阿芳吃完归来,已经是七荤八素,顺脖子流油的小伙子,不得不打点起精神对付这两只笋鸡。藏金案事犯以后,阿宝向我承认:"当时,我真害怕已经再装不进东西的胃,一下子全吐出来。大妈那眼睛多尖,她准会纳闷,公鸡到肚里一转,怎么会变成鸭子了?"

原来,阿芳拿定主意,这笔巨款,只要不显山不露水地慢慢贴补,是不会被人发觉的。起初,计划每月贴二十元,算了一下,要四百多年才能用完。干脆五十元吧,也可用到二百年之久。再多就怕要露馅,所以想到只有吃进肚里,花多少钱也不会出纰漏。虽然原则这样定了,但天生怯懦的阿宝,总有点惴惴怵怵。先是左眼跳,后是右眼跳,也弄不清究竟是跳财还是跳灾,终于闹成个心惊肉跳,无法安宁。因此,他总在犹豫:"要不,还是缴公吧?"

阿芳无奈,叹了口气:"你也真成不了气候!"同意由他自便的时候,阿宝又舍不得那十块砖头了。这大概也是危楼出不了圣贤豪杰,也出不了江洋大盗的原因。小农经济思想和小市民心理杂交的结果,一条沉重的,使你无法起跳或者飞跃的尾巴,牢牢地嵌在了臀部,而且很难摆脱。"文革"出那么多小爬虫,其道理也就在这里。

事实正是如此,胆小不得将军做。所以,几乎把S市著名饭店吃遍的阿宝,除了从炊事员的职业角度,了解到天外有天,增加许多业务知识外,非但未曾长一点膘,相反,倒像害了一场重病似的,整天一副霜打的样子。尽管到目前为止,花的还是自己好容易攒下的数百元钱,那十块砖头原封未动。但佳肴美味,一点引不起食欲,倒像吞服蓖麻油似的难以下咽。再加上三年灾荒留下来的,只能消化瓜菜的胃,和装不了荤腥的肚子,落下一个习惯性腹泻的病根,害得他经常从三楼急急忙忙冲下来,提着裤子,夹紧屁股,直奔J巷公共厕所而去。

要是仅这点口腹之累,倒也可以忍耐。问题在于这十块砖头,如同十枚地雷埋在屋里,整日里悬心吊胆的折磨,使阿宝受不了。假如承受这份痛苦,能够为他们的爱情增添一些什么,或许还值

得，还划得来。可阿芳说了："你别愁眉苦脸好不好？也不要胡思乱想。你对我那么好，我不会忘恩负义的。早早晚晚，我这个人总是你的；当然，人给你，可灵魂，永远属于我自己。"

听这话，简直是现代派，而人呢，由于中西餐可她性子点着吃，心情舒畅，营养得法，胃口良好，越发地丰腴润泽，透出青春的魅力。本来，她是演被座山雕欺凌压榨的夹皮沟村民，但人一旦有张好脸子，就像磁铁似的产生吸引力，于是支左的同志，派头头，三结合的干部都一夜之间变成了精通艺术的行家，坐镇排演场，非要导演给她换角色，这样，她就演小常宝了。其实，她未必演得好，直到今天，我也不敢恭维她在影片、电视剧里的演技，有什么办法，照样红得发紫。就像一些时髦作家那样，经权威一吹，光轮顿起，由此开始，涂鸦即成好作品，放屁也是美文章。阿芳就从这一天开始，相信自己有征服别人，开拓道路的能力。因此，她和阿宝商量，把说好的婚期往后拖延。

"我们还年轻着咧，是不是？"

阿宝苦笑地："当然——"

她一笑："你要不放心的话，我今天晚上就住在你这儿，报答你那两千块钱！"说不走，还真不走了，一面脱掉外衣，一面收拾床铺。"阿宝，你是好人，可你不懂得我的心。我看过朱大姐的相册，我听过她灌的唱片，还有她讲过的好日子。我想，我长得比她年轻时强多了，为什么我就不会到达那一步呢？早先，我只要能做个城里人，就觉得登天了。哎，你怎么啦？"

阿宝轻轻掩上门，离开了这间屋子。

他到楼下大双、小双那儿去借宿，这对父母均为高干、沦落到危楼的宝贝，绝想不到世界上还有这等傻货。把他嘲弄够了，便挤挤眼说："走，咱们去陪阿芳，省得她冷清。"阿宝跳起来，挡住门口："你们敢——"

大概人们还很少看到他这种勇敢和尊严的神色，哥儿俩愣住了，如果真那样做的话，他肯定要和你拼命的。"得啦，你别当真，哄哄你的，兔子还不吃窝边草咧！不过，你也太窝囊，太孬种，太肉头啦！"两个人一齐把他往门外推，轰他回自己屋子："难道你是属骡子的废物蛋吗？"

"我是人，不是牲口！"

阿宝也被激得冒火了，才爆炸似的迸出这句话。大双、小双愣住了，对生活、对世界已完全绝望，长期来自暴自弃、无异行尸走肉的哥儿俩，想不到还有把自己当作人那样尊重，把自己区别于动物的人。他们望着那消失在危楼大门外的背影，好像发现了远古期残留下的孑遗生物一样，在绝灭感中多少注入了一丝希望。这兄弟俩回到屋里，又接着喝酒。不知怎么搞的，话也不多了，酒也没味了，于是推开桌子，倒在床上。过了好一会，小双叫了声哥哥，总有几分钟之久，大双才回答："干吗？"

小双毫无反应，大双以为他醉了，便把灯关了。在漆黑的房间里，他听到小双在叹气："我真想哭一鼻子！"

"我也心里憋得慌——"

"为咱们死得冤屈的爹妈号丧吧！要不，我非去杀人放火不可！"

"哭吧，小双，你要哭就哭吧！"

等到小双嗷的一声叫起来，他再也忍不住。尽管拿枕头拼命在蒙住自己，也无法控制地号啕大哭。一直哭到范大妈来镇压他俩这对走资派的狗崽子为止，可这时候，阿宝已经在他工作的食堂里，找几张板凳拼起，仰卧在那里了。

他端详着那块从不离身的小镜子，他觉得照片上的她，离得他既很近，又很远；那脸庞似乎很熟悉，可又很陌生；应该说是印象很深的眼睛，猛地看上去是深情的，闪烁出热烈的光彩，但细细注视，眸子里又有点冷漠和不可捉摸的神情，很看不透她的心。

然而，他爱她。他对照片上的阿芳说："也许是命中注定，说不定最后，巷子里那棵歪脖树，该我挂上去咧！"

第二天，阿芳埋怨他："你真狠心！"

他诚挚地说："你别再提钱了，那是我心甘情愿为你做的，我也不非要你跟我好，你要不愿意，我也绝不会拦你。"

"阿宝，原来你这样想我，不屈心吗？"她确实是伤心地扑在他怀里哭了。这样，阿宝又转过来赔不是，哄她，安慰她。

危楼人有时心术也很不正，每当阿芳进进出出，大家都紧紧盯住她的腰身和腹部，好像她是应该到露马脚，让人看笑话的时候了。但实在看不出一点蛛丝马迹，便又撇嘴说："如今工具多灵，叫你抓住把柄？"或者，以揣测的口吻："还不知到医院去刮掉几个了呢？"

一直到大双、小双实在听不下去，忍无可忍地在楼道里发出警告时："谁要在背后糟蹋人家清白人，看我不撕碎那张×嘴！"一副凶神恶煞口气，谁敢置若罔闻，这才消停下来。终于全楼都知道阿宝和阿芳，不仅是无罪的羔羊，而且纯洁得像天使一样。在那祸水横流、邪恶充斥的年头里，也真让看惯了污秽与脓疮的人们，为之眼目一新。危楼居民的主要弱点，乃是自私贪婪、穷极生疯，由此派生出嫌贫嫉富、趋利忘义的处世原则。危楼一部动乱史，小至鸡争鹅斗，大至头破血流，都和经济拮据联系着的。不过，也不影响他们偶尔产生同情恻隐之心，尤其是无需掏腰包的话，会陪着你掉泪，甚至比本人还激动些呢！但范大妈决定募捐，成全这对还差大立柜的小两口，早早完婚的时候，大家哪怕勒紧一点裤带，也三块五块地凑份子。大双、小双当然不会后人，但范大妈有点怀疑那十元票来路不正。她对坏人，候补坏人，不太好的好人，以及好人中与前面三类有什么瓜葛者，表面上总做出警惕与防范的样子。例如她正同她认为的好人说说笑笑，一旦我走近了，她马上脸皮绷紧。可只有我和她，或她进我家门来有什么事，或我妻子给她端一碗富强粉饺子，就松弛下来了。这样来回变脸而不嫌累，我也着实佩服。

那对孪生兄弟拍拍胸脯："这钱最革命了，都是拣的破烂大字报，到废品收购站卖出来的。""文革"十年，许多好书变成纸浆，用这纸浆造出来的纸，变成大字报，再回炉只能变手纸。他们哥俩后来从纸的循环中，走上正道，则是另一篇记事的内容了。

范大妈瞪了他俩一眼，同时，也不客气地扫视了一下乔老爷和朱大姐。因为这位应名的保护人，居然一毛不拔，不但分文未掏，还冷言冷语。乔老爷的赌气，分明是冲她的，前些日子还抠阿宝姐姐的问题，没茬找茬，唯恐中国坏人少了她没事干。屎盆子扣在阿宝头上，转过脸来又朝大伙敛钱帮他，弄不懂她什么病症，有点像她年轻时闹狐仙附体似的，一会人，一会鬼。这不，兴冲冲地捧着一把票子，到三楼找阿宝去了。

不过，话说回来，倘若范大妈只有一张紧绷的面孔，一点好的念想也不给别人留下，恐怕今天谁也不愿提她了。也许好就好在她是夹生饭，还有一半属于人情味的东西，不会被人忘怀。阿宝至今还念叨范大妈塞给他去买大立柜的钱，那一百元包含全楼每家每户的心，他捧着，觉得分量是那样重，到今天也还记得。

范大妈问他们俩："够了吗？"

阿宝老实，他有十万元，能收下这一百块钱么？连忙说："我们怎么好意思要呢？"但他想不到阿芳却顺着范大妈的话，回答说："姑，要说够不够嘛？还差一点，我们自己攒吧！"

范大妈显然也不是很舍得地，从怀里掏出另外五十块钱，放到阿芳手里："拿去吧！这是我一点意思——"

"不，不！"阿宝坚决不收这份钱，因为她和阿芳知道这钱来得多么艰难，是多少个深更半夜在车站卖茶汤，三毛两毛攒出来的。

"将来你们发了大财再还我，要还不上，就算大妈当这个姑，给阿芳压箱底的钱！"

善良的人最容易受感动，阿宝心头一热，泪水在眼眶里直打转。他当时恨不能掏出许多钱，成倍地，甚至成十倍地偿还给这些日子过得不那么舒展的邻居。事后，阿芳嘲笑了他的慷慨："偷来的锣鼓敲不得，你怕人家不知道么？"

"那一百五十块钱——"

阿芳是个会成器的女人："客气什么，用呗！记住，买极其一般的，咱们千万不能露富！"

于是这场阿宝的噩梦，随着大立柜到来而结束了。社会上对我们危楼发生的这桩奇闻，有许多讹传和杜撰之处，其实问题出在那筐被遗忘了的处理西红柿上。人们在挪动屋里家具杂物，以便放置立柜的时候，发现了已经腐烂发酵、快成蕃茄酱的半筐西红柿。危楼人的眼睛，范大妈的侦缉本能，都是高水平的。接着又看到了床底下长了绿毛的点心，和许多枚滚进墙角，地板缝隙里的硬币。

可怕而又难堪的沉默，维持了好几分钟。人们有许多疑问，可不知该怎样问；阿宝当然应该解释，但拿不定主意怎么说。正巧，

这个时候，阿芳来到危楼，嘴里还唱着"只盼深山出太阳"呢！

他叫了一声："阿芳，你快——"从他本心，恨不能把这让他日夜得不到安宁的巨款，交出去，宁可穷死也心甘。可为了阿芳，这秘密无论如何不能泄露。他怕失去钱以后，会不会失去她？尽管他做好失去的准备，歪脖树也想过的。但他真心地爱，比罗密欧还罗密欧。所以他需要她一句话，或者一个眼神，一点暗示。但不做脸的肚子，剧烈地疼起来，好像绞肠痧地使他片刻不能停留，必须快到厕所，否则就要拉在裤子里了。这样，他没有得到阿芳肯定的答复，随后，又被愤怒达到了顶点的范大妈，冲进男厕所，扭着他到街革联，更不知她的态度了。但是，无论人家怎么问，范大妈怎么跳，他还能咬紧牙关撑住劲。等到被抄家队押着回到危楼，在人群中找不到阿芳，他慌神了，悄悄地问了一声："大叔，她呢？"

"一言不发走了，你啊你啊……"

刚才阿宝离开后，乔老爷是问过阿芳来着，究竟怎么一回事？吃处理西红柿的人，会大把扔硬币而满不在乎，这在逻辑上是讲不通的。阿芳好说什么？然而她审时度势，判断阿宝那劣根性的懦弱，肯定凶多吉少。于是抢先一步，到阿宝厂里替他自首交代，并且还说阿宝已被坏人绑架，很可能马上来抢钱。她在路上预先把头发弄得乱蓬蓬地，揪断了几枚纽扣，做出一副英勇搏战，冲出重围，来报告的样子。说话也故意上气不接下气，一下子把敌意挑动起来。那些待命的武斗队，正愁找不到寻衅打架的茬口，更何况皇皇十万元巨款，不由分说，杀向危楼去了。

阿宝听说阿芳走了，而且是一言不发，立刻失去了精神支柱，全面土崩瓦解了。他想既然人都失去了，还要钱有什么用？莫如爽性交了，省得老是一块心病，吃不好，睡不宁地折磨自己。想到这里，便从沙发里，仍是原来资本家藏钱的地方，掏出全部存款，十万元，一分一厘都不差。这就是说，截至目前为止，还是用自己攒的钱去吃喝，尤其阿宝那不争气的肚子，吃多少，拉多少，等于花钱买了一种习惯性腹泻的毛病，真是又伤心，又憋屈，那几百元打算结婚的钱，是容易节省下来的吗？

人们全被十万元那索尔·贝娄形容的阳光，给照得头晕目眩。

也许阿宝头一回在光天化日之下，看清楚这许许多多的钞票，他的日射症反应比别人更强烈。所以，一听范大妈讲他下落不明的姐姐，一看到她勾来的抄家太岁的面孔，他顿时腾云驾雾起来。尤其逼着他交出更多更多来路不正的钱，推他搡他，把他像揉面似的折腾时，天地都在旋转，很快失去知觉，跌倒在那给他同时带来幸福与痛苦的沙发上。

阿芳想不到自己，从人们看腻了的样板戏中的主角，成了大家听烦了的讲用会上的明星。不过，她还是很受欢迎的，因为她终究有点表演才能；因为她那张漂亮面孔的魅力；更主要的，是这十万元的传奇色彩，吸引着见钱眼开的人，纷纷赶来，即使得不着，听一听，也算过了瘾。于是，阿芳在S市的机关、学校、团体讲了个遍。不但她无需讲稿，广大群众也都背答如流，她会怎样斗私批修，在灵魂中爆发革命的？怎样帮助未婚夫提高觉悟，不做金钱奴隶，走革命道路的？怎样冲出重围报告，使得十万元财产，终于回到人民手中的？……这时朱大姐的头发也稍稍长了一点，成了阿芳的最忠实听众，每讲必听，关键时带头鼓掌，而且以她早年拍电影的经验，指导阿芳的表演。每次在上场讲演之前，给她手背上摸辣椒面。"要有眼泪，苦戏最打动人心了！你就说阿宝怎么不听你劝，搡你，揪你头发——"

"他连指头也不敢碰我，姨！"

"嘻！"朱大姐点得再明白不过，"这不是做戏么？"

阿芳讲得越生动，我们危楼罗密欧的形象越糟糕，在人们眼睛里，他不但是吝啬鬼、守财奴，还是一个暴虐狂。邻居倒不这样看，第一，他终于明白钱不是万能的，不那么孜孜以求了，倒比过去显得人情味一些；第二，花了数百元吃馆子的结果，他烹调技术长进了。楼里谁家有大事小情，少不了由他掌勺。甚至阿芳天花乱坠讲累以后，不也到阿宝这儿美餐一顿嘛！

"你别讲我把你搡得青一块，紫一块的，不行吗？"阿宝求她，"我都没脸进厂，一上街人家就指指戳戳！"

"我白让你当未婚夫啦！这点谎都不肯替我圆——"

阿宝什么都可以迁就忍受，一提当未婚夫这说法，马上脸部表情变了："怎么？照这么说，还有不给当的时候了！"

"你呀你呀！我说过多少遍，早早晚晚，人是你的，我得看时机，到了时候准办，你放心！"

果然，她这一套活学活用的典型经验，像朱大姐那张百代公司唱片，听得耳朵起茧子的时候，她决定——在 S 市人民的心目里——做出自我牺牲，为了帮助他，改造他，要和阿宝结婚了。如同近来很流行一阵的题材，为了感化挽救失足青年，一定先要嫁给他一样。阿芳这样宣布以后，又在全市制造出一次冲击波。好多记者来到危楼采访，一些慕名的、学习的人，也络绎不绝于J 巷之中，没想到快要倒塌的危楼，居然回光返照地红了起来。

最灰溜溜的莫过于范大妈了，她终于明白，天赋神权也好，优越感也好，左的面孔上那股凌人之势也好，只不过是她的影子罢了。当光线不再照射她的时候，这影子就消逝了，连自己也跌落在黑暗中。从此开始，她就一蹶不振，随着"文革"结束，随着危楼拆迁，她撇下她临别一握的钟表匠，和插队归来成为"民主墙斗士"的毛毛；也撇下我们这些坏人，准坏人，和不够好的好人，撒手仙逝了。最初那阵，我们这些人真有点贱骨头，害怕没有了她，无所适从，会过不惯。及至搬进新居，终于悟过来，失去她未必不是好事。不过，旧邻相会，谈起她来，也觉得她脸皮不绷紧的时候，还是有值得我们追忆的、可怀念的地方。

而阿芳转败为胜，占了上风以后，名气一天大似一天。讲用会的风头，只是发迹的开端，紧接着便在电视剧里露脸，不久，被电影厂借去拍片，这就更红了。虽然，她还不满足，还在努力追求更大的名气；但我们危楼居民，包括 J 巷居民，Y 大街居民，都引以为自豪地说："阿芳原来是我们这儿的！"可拆迁离开危楼，她也许由于天南地北地拍外景；也许执意求名到如饥似渴的程度，如同当年阿宝拼命攒钱，以致变得人情味都淡薄了一样，阿芳和我们老邻居疏远了。

至于他们小两口迁进新居后的生活如何？保护人也说不出什么来。也许我的职业习惯，喜欢搜集素材，当然要问出个结果。乔老爷抹着金鱼眼："不是记者报道了吗？挺好！"

那篇专访我也看过的，说她艺术上取得那样成就，对自己的爱人，一个朴朴实实的普通工人，仍然一往情深。在海滨拍片的空闲时间里，总去捡五彩斑斓的卵石，以此象征坚贞不变的爱情和纯净的心……像阿宝这样工人与艺术家组成的不平衡家庭并不少，譬如歌唱家，譬如舞蹈家，但她们的工人丈夫，要比阿宝幸运多了。他们不会有多余和孤独的感觉，不会有依附和从属的感觉，更不会有傀偏兼奴仆的感觉。可怜的阿宝这样苦恼，正因为他没有得到，阿芳拒绝给的，那永远属于她自己的灵魂！

阿宝知道自己卑微，对于爱情，他倒真有点罗密欧，要么全部，要不全不。在推又推不掉，得又得不着的两难境地里，他竟然不止一次地重访J巷，去探望那棵歪脖树……

不平等的爱情，该有的什么痛苦，阿宝就承受什么折磨。他确实不明白她还想出多大名？她也真有些憔悴了，那双眼睛虽然疲倦，似乎刚卸妆那样残留着隐隐的黑圈，却永远聚精会神地，在电影广告、画报、影视类杂志和报纸上，寻找自己的照片和名字。如同阿宝怀揣着十万元巨款那阵，求名的阿芳像他查点钞票一样，在认真地统计她照片与名字的出现率。那晚还是导演开车送她回来时，端上来的夜宵，都已经凉了，还顾不上吃。

"阿芳，你太累了！"

"求求你，别管我！"她把头埋在统计数字里，好像屋里根本没有他这个人似的。

"你要嫌我碍事——"

"又来了，又来了……"她焦躁地跳起来，推他出屋，把门从里面反扣上了。

当然，这也不是头一回，阿宝倒在门厅的沙发上，抱着脑袋，从歪脖树一直想到那碗夜宵。生活的发展变化，是多么难以预料啊！在炊事班只会烧火的阿宝，能做出这一碗比头发丝还细的龙须面，而在歪脖树下当作盲流被驱赶的阿芳，却对这碗堪称工艺品的夜宵，不屑一瞥。一直到第二天早晨，门开了，那碗面仍一筷子未动，放在桌子上。

"你没吃？"阿宝努力忘却一切一切的不快。

阿芳想起昨夜来："让我怎么吃得下去，就端一碗，亏你做得出，叫人下不了台！"

"往日导演就送你到楼下，没想到他进屋。"

　　她立刻火了："他进屋怎么啦？我还要留他在这儿过夜呢！你知道要评选最佳女演员么？"

　　这句话着实伤透了他的心，抬起脚，离开了这间屋子，他什么话也没讲，那怯懦的背影在门外很快消失了。

　　…………

　　正当我们议论着只有均等的力量，才能保持相对平衡，好像爱情也不例外的时候，如今已是好样的危楼二双（一个在搞书法篆刻，一个和我同行，在写小说，不过他崇奉现代派），破门而入，后面跟随着的，正是我们刚谈到的罗密欧，垂头丧气，满面晦色。

　　哥俩把一段麻绳，扔到乔老爷跟前："大叔，你看他想干什么名堂？"

　　朱大姐是有过这段生活体验的，赶忙拉他过来，埋怨地说："阿宝，你怎么能想不开呢？女人总有收心的时候，你看我和你大叔，不也过得很好么？"

　　"我没有上吊——"他辩解着："我这不是好好的嘛！"

　　"胡说，我们哥俩正在工地干活，见他在歪脖树那儿转悠，然后挂上了这绳套，正要把头伸进去——"

　　乔老爷跳起来，这位老话剧演员一把拽住阿宝脖领："活见鬼，连罗密欧都敢同人家决斗，可你这个天生的窝囊废！"

　　他挣脱开，以难得见到的倔强，回答屋里人质询的眼光："不错，我是打算那样结果来着。可我没有朝绳套里钻，我想开了，我不干了！"他还强词夺理："怎么？不兴我不自杀？"

　　写现代派小说的小双揭穿他："要不是我们跑得快，你就伸腿瞪眼了！"

　　"我已经拿定主意不死了，一见你俩，更死不得了！"说到这里，他叹了一口气："厂里打算让我领着一帮知青开饭店呢！我要撂手一走，他们不又得回家待业。你俩找份工作多难哪！想来想去，人总不能为一个人在世上活着……"

　　"阿芳怎么啦？"乔老爷听他话里有话。

　　"也没怎么着。大叔，这回倒好，我一通百通！"

　　"屁，那个导演得收拾收拾他。"大双拿出当年破罐破摔、横行无忌的样子，"阿宝哥，我得给他放放血，让他明白怎么做人！

93

他要再缠阿芳，我让他这辈子坐着轮椅拍戏！"

"你疯了，不怕犯法，好容易上了班，还当上先进工作者！"乔老爷警告着。然后，他盯住阿宝的脸，似乎要看出什么蹊跷。包括朱大姐，包括我，也都想知道究竟是怎么一回事？

"反正打他个鼻青脸肿，不算过分。有一回，我亲眼见他用车送阿芳回来，在大门口，居然敢动手动脚……"小双像写小说似的讲起来。阿宝用双手捂住脸。要不是汽车喇叭响，要不是阿芳一阵风似的进屋，我不知道这可怜的丈夫该怎么办？

"哟，你们都在这儿，快说说这个阿宝吧！"阿芳抽出一支烟，点燃了，烦躁地吸着："像话吗？要去自杀，败坏我的名声！你说你多无聊，多没意思，也太酸了，太嫉妒了，不看看人家是什么样的名人，别人想巴结还不屑理呢！对你亲热，说明看得起你，流露一点感觉，正好表明你在他心目中的位置。阿宝，阿宝，你也不想想，我能跟他们来真格的吗？"

"哦！天……"阿宝紧抱住头，生怕它爆裂似的那样用力。

朱大姐到底拍过片子的，深有感触地说："阿芳，可也是——"可一看乔老爷那双愤怒的金鱼眼，把下面的话，咽回肚里去了。

"阿宝，干吗那么狭隘？我在争取最佳女演员，明白吗？你想不付出点代价，不豁出一丁点，能行吗？……"

索尔·贝娄把金钱比作太阳，那么名声的追求，大概就是对于飞蛾的火光了。

这时，危楼二双噌拉一下站起来，那拳头捏得关节嘎嘎地响，只问了一声："那导演在车里等着吧？"便大步朝门外走去。阿宝跳起来，拖住他们哥俩，对阿芳说："你走吧！"

"什么意思？"

"我让你走——"

"分手吗？"

"说不定这样对你、对我都好，我好不容易悟过来的。"

阿芳先愣了一下，很短，只有几秒钟。然后，瞅瞅阿宝，瞅瞅大家，转身走了出去。

那哥俩几乎不约而同地："你这个窝囊废！"一使劲，把他操在地板上。只见他一摊泥似的软在那里，泪水簌簌地跌落下来。

"让他哭吧！"乔老爷把大家都请到别屋，"哭够了就好了！"
…………

大概没过两天，阿宝找我来了，好像乔老爷的话还挺灵，大概他哭够了，没事了，忙他的知青饭店了。原来饭店快要开张，至今连个名字还没有着落。

"您是作家，给想一个漂亮的！"

我突然想到陆文夫前不久发表的关于苏州吃喝的小说；阿宝炒的菜，还多少有点南方味。"干脆，你们就叫'美食家'大饭店吧！怎么样？"

"好！开张那天，您一定来捧场！"

真奇怪，当他为一个人活着的时候，总那样萎靡；现在，为几十个待业青年忙着的时候，连讲话的腔调也不大一样了，不但响亮，而且干脆，跟你握手，也敢使劲了。

再没有比开张志喜那天更热闹了，简直谁也想不到，来祝贺的客人当中，有一位来自大洋彼岸的美籍华人，一家什么公司的女董事长。你猜是谁？阿宝多少年不知下落的姐姐，回来看望她弟弟，还要把他带到美国去呢！

好消息总是不胫而走的，在锣鼓齐鸣，鞭炮喧天，"美食家"大饭店的招牌揭幕的时候，我们危楼的朱丽叶，也急急忙忙，带着抑制不住的亢奋来了。

那还用介绍吗？她紧紧搂抱住那位女董事长。我突然发现，尽管她快成为最佳女演员，但那副阔别了的，在 J 巷歪脖树下，没见过多大世面的土包子相，又在她脸上出现了。

阿宝至今也没有离开"美食家"大饭店，因为这里是他懂得人活着，到底应该干什么的起点。也许铺面还不够大，卫生条件较差，服务态度还不够好。可是他说："姐姐，会一步步好起来的，你信不信？"

"根据什么？"

"因为我爱它！"

——诸位读者，假如你们有兴趣，请光临"美食家"大饭店品尝指教！

地址：Y 大街十字路口；电话订菜：78543。

垃圾的故事

丁丁，姓丁名丁，是我的一位忘年交。

据我的阅人经验来评估，他在知青一代人里面，是个很不错的青年。然而，不知为什么，好多人一谈到他，当面也罢，背后也罢，总是摇头者多。一个人，能够被人指着眼睛鼻子说他的是或不是，倘非很逊，就是他有任人评头品足的雅量。冲这一点虚怀若谷，我认为丁丁非同小可。

"你知道你口碑不佳吗？"我们两个本不甚见外，加之他的禀性坦直，故而敢这样问他。

"我又不聋不瞎，不痴不傻。"

他不是不聪明的人，不过，不做出伶俐的样子罢了。我从学术角度同他探讨，"为什么？"因为，他不至于如此。

"随人家便！"他说："第一，人家怎么看，是人家的事，第二，我自己怎么做，是我自己的事。"然后，迈着他那种特别结实的列兵步伐，走了开去。咚咚咚，像砸夯。我后来观察到，这小子走路，脚后跟先着地，所以，总弄得楼板不同凡响。

不过，我挺"待见"他。这是北京话，含有一点敬重的意思。一个人，好，不得意忘形；坏，不怨天尤人；富，不张牙舞爪；穷，不垂头丧气。他就像一个在队列里行进的士兵，一步一步走着自己成功的或者失败的路，让我佩服。老实说，我并不赞同他的某些做法、想法、看法，以及活法，但他说，每个人的角色一半是天定的，没法改变的，但另一半，是自己决定的，便不可能和别人一样。你过你的，我过我的，各人自便，最好不过的了。

想想，也是这么一个道理，这世界上有两片相同的叶子嘛？他说得更绝，我这片叶子，干吗要和人家一模一样呢？冲这句话，你便懂得丁丁一半。

丁丁有时赏脸到我这儿来坐坐，无什么特别的目的。来了就来了，走了就走了，这很好，无需我放下笔来陪着。他在我书房里像主人一样地东翻西看，也不管我的脸色，是赞同，还是反对，他就这样自信。若找到什么好书或新杂志，值得看，就自己倒茶，或者自己抽烟，仰卧在沙发上阅读。看够了，站起来，咚咚咚地离开。

他走后，老伴就开窗放烟。莫合烟，自己抽得香，别人闻起来就臭，好一会儿，也放不干净。"这个丁丁——"我老伴发表她的观点："太自以为是。"

"难道对你一个劲地点头哈腰，就好吗？"我不大喜欢一些装孙子的年轻人，因为一旦帮助他到了羽毛丰满以后，就要把你当他的孙子。丁丁不，始终如一，不咸不淡，不近不远。

有一次，我忽发奇想：丁丁，令尊给阁下起名字时，大概只是想到你上小学时容易书写的一面，却绝对没有考虑到名字会对人的性格，所产生的微妙影响。

"至于那么严重吗？"这是他的口头语，也是他对于整个世界的态度。

我声明，当然这是不可靠的感觉。不过，对他，说深说浅都无关系，无需顾忌，他不像时下文坛一些想当领袖的年轻人那样过敏，也不像一些神经兮兮的女作家那样小心眼，总把别人看成很碍他事的绊脚石，甚至假想敌。其实，大路朝天，各走一边，地盘大得很的。丁丁不太喜欢把事情严重起来看，他认为，凡没有一拳头打在我脸上者，不必疑神见鬼，先在心里筑起一道防线。所以，我对他说话放心。"因为，你这个'丁'字，马上让人想起伐木丁丁的'丁'，敲打铁钉的'钉'，叮住不放的'叮'，很可怕！"

我也说不出很具体的道理，只能意会，不能言传，好像这个"丁"字成了他性格的象征。后来，他那不是妻子的妻子杨

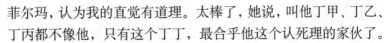

菲尔玛，认为我的直觉有道理。太棒了，她说，叫他丁甲、丁乙、丁丙都不像他，只有这个丁丁，最合乎他这个认死理的家伙了。

所以，杨菲尔玛有时索性叫他"死丁"。在她嘴里，这可以是爱称，也可以是蔑称，视其情绪而定。

杨菲尔玛，是中国人，不是外国人。他第一次说要带位女朋友来我家，还以为他从外国拐回一个洋妞呢？一见面，她自我介绍，说我应该有些认识她，是我朋友的朋友的女儿。她是比较早的国旅或者是中旅拿派司的很能干的导游，陪同外国人到中国来玩。后来，她自己单挑一个旅游公司，组织中国人到外国去玩，越做越大发，现在，说她是旅游界的大亨，或者投资界的巨头，不算过誉之词。

"老爷子，这是一个能干人吃饱饭的时代。活得不好，别怪党和政府，怪自己无能。"

不用说，她是我们这个时代的宠儿。

据我朋友讲，她原来的名字叫杨淑珍，后来，到派出所一查，北京市，仅城区里，至少有一千位同名同姓同音的妇女，太俗了。于是，她要求改成时尚一点的杨阳，这位小姐是个路路通的人物，派出所哪在话下，所长善意地提醒她，这名字至少被两千个男人和女人拥有。于是，当场来了灵感，她用了现在这个杨菲尔玛。

我估计，全中国也许就只有她一个人叫这样的怪名。然而，也正因为这样，谁要第一面见到她，和听到这个名字，便永远也不会忘记。冲她设计出这个不中不西的杨菲尔玛，她和丁丁维持目前这种比妻子自由些，比女友亲密些的情人关系，就觉得她是个很有作为的女人。"这样好，来去自由。"

杨菲尔玛头一次踏进我家的门槛，见面礼是一箱XO。

丁丁从车的后背箱里拿出来，很吃力地放在我的客厅里。我不是受宠若惊，而是吓了一跳："干吗？"

"这是老姐的一点意思！"

送洋酒是时下的一种风尚，一般都是一瓶，送两瓶者少。后来，我才知道，这是杨菲尔玛的手法，和她的名字一样，一下子，就给你留下一个绝对是刻骨铭心的第一印象。

"厉害——"我服了。

丁丁说："幸亏你不抽烟，要不，她会送你一件。"

"一件是多少？"

"五十条吧！"

我一听，差点没吓死。

他们不怎么避讳告诉我目前两人维持的 AA 制的同居关系，虽然她很有钱，但二一添作五，绝对公平负担。小姐告诉我太太说，这样谁不觉得欠谁的状态更好些，太累的爱情，和太麻麻烦烦的婚姻，挺耽误事，还挺浪费精神。更难得的是，她说：这两年同居下来，我们两个还算磨合得不错。

我老伴说："磨合这个词，我老在汽车的后窗上看到。"

"人和人之间的关系，也是一个需要磨合的过程，不行，就得换零件了。"

我们大家都笑了，你不能不服气杨菲尔玛的想象力。

我初认识丁丁的时候，他还是个文学爱好者，在新街口礼堂听过我的课。我之所以马上对他留下了很深的印象，因为，他戴了一顶孔乙己的毡帽。现在，北京几乎没人戴那玩意儿，至于孔乙己的家乡，有没有人戴，我不敢肯定。反正，在中国九百六十万平方公里土地上，像他这样年纪轻轻的，戴毡帽头的，大概就他一位。从那以后，我见他一直戴到今天，大概还带到日本，带到美国。我问过他，为什么要这样打扮？

他说不为什么，然后，反问我，为什么一定要为什么？他又接着问：犯法吗？不犯法，我碍着你什么了吗？不碍你的事。那么，你有什么必要管我头上戴什么呢？

我无言以答。

杨菲尔玛说，别理他，他就是这样一个认死理的人。他如果想做什么，就一定要做成什么。反之，他如果不想做什么，你拿刀逼着，他也不上轿，这毡帽头就是一例。

她是在日本认识这个丁丁的，而且，一下子把自己交给了他。

不过，丁丁说她其实并不浪漫，她是个做大事的女人，对于爱情、婚姻、家庭、性生活，不会太投入的。她是个事业上具有攻击性的女人，他承认，他被她的性格所吸引。

那时，她刚开始带中国的有钱人到外国去度假。在箱根，一个钱多得不知怎么花的烧包，说是受不了旅馆里温泉浴池的硫磺味，要求换个地方。这种国外旅游，日程都是安排死的，而且，她也不可能撇下大家，为他一人单独服务。那时，丁丁给她打工，说："你把他交给我吧！"她有些不放心："行吗，年轻人！"她比丁丁大两岁，所以，他叫她老姐。他说："你只有这条道好走。"杨菲尔玛无奈，由他带走这位刁钻的暴发户。她领着其他人转了一圈日本列岛回来，这位嫌硫磺味的旅游团成员很高兴地归队了。她问丁丁，你用什么法子让他服帖的？丁丁说，完成任务就行了，何必盘根问底。她又去问那个暴发户，那家伙倒也坦率，这个丁丁，把我带到东京，在新宿的红灯区，我们走散了。甭提那个倒霉了，挨了揍别说，还弄到警察局，丢大人了。后来，丁丁找到我，把我带到四国岛的今治港，住的是没有那硫磺味的温泉宾馆，整整在海上钓了三天鱼，别提那个开心了，这钱花得太值了。他的结论是：日本人真精，可日本鱼真傻。

她终于还是从丁丁嘴里掏出了实话，他说："是我雇了两个日本小流氓，新宿街头，有的是这样人渣，花上五千日元，把这个暴发户好好修理一顿。然后，弄他到今治钓鱼去。"

"你怎么知道他有这一好？"

"他每从渔具店门前走过的时候，脚步总要放慢。"

我对杨菲尔玛说，这就是丁丁想当作家，学会了观察人的结果。

"得了吧，老爷子，文学不怎么伟大，只有生活让人聪明。"她的话，我不爱听，但却是事实。

那次讲课之前，有个文学界朋友的聚会，随后饭局，主人殷勤，劝吃劝喝。结果，上了讲台，血液都跑到胃里去帮助消化了，脑袋里呈空白状态。我也不晓得怎么结束那堂课的，主持者不满意，脸嘟噜着，听课者也失望，掌声稀落。他是比较个别的一个听众，站在礼堂中间，给我拍巴掌。他认为我讲得好，而且绝不是为了安慰失落的我。他说他曾经递上来一个条子，要我回答，一个人当作家好，还是当评论家好？这绝对是个傻问题，我想我不会答复的。他告诉我，我回答了，就三个字，都不好。"有什么比讲实话还好的呢？"他这么高度评价。

我不相信我会说得那样直率，不过从那以后，凡有讲演，我一定空腹。

但他千真万确，由于我这"都不好"三个字，打消了当作家或者评论家的念头，放弃了还差一年就毕业的中文系，跑到日本去了。这期间还到过美国，后来还到过澳大利亚，因为他有一张与毛利人首领人物合影的照片，他的毡帽与土著的服饰，很般配。等再见到他时，他已经一边打工，一边留学，从日本和美国拿到学位，学成回国了。他来看我，并谢谢我几年前的三个字，弄得我很尴尬。作为我那番话的报答，送了我一套日本男人穿的宽大和服。当时，我并未把它放在心上，便随意接受了，不如那一箱 XO，造成的震撼力强。后来，高田有司，丁丁的日本朋友，到中国来，他招待，我做陪，在长富宫，为了好玩，特地穿起这件日本大袍赴宴，杨菲尔玛恭维我，说，老爷子挺像《红灯记》里的鸠山。从高田的话里，才知道丁丁的礼品，非同小可，第一，真货，第二，名牌，第三，价值不菲，至少得打两三个月的工，才能买到。日本，凡机器能生产的，都便宜，凡手工制作的，都绝对不便宜。

我埋怨他瞎花钱，何必呢？出门在外，生活不易。

"至于那么严重嘛！"他一边给我倒日本清酒，一边说。我也就不客气了，这正是他们这一代人的观念，把什么事都看得不那么重，而丁丁，尤甚。

由于脱口而出的三字经，竟改变了一个年轻人的一生，我多少觉得抱歉。倒不是怕中国少了一个作家，或一个评论家，那没准倒是好事。而是因此使他成了后来这种不良不莠的样子，我觉得有责任。所以，他回国后不久，我把他介绍到我一个当官的朋友，也算是一位新上升的权贵吧，在他主管的国营公司里，搞日文翻译。杨菲尔玛，早年经常带日本团逛中国，以后又带中国人逛日本，也是半个日本通，说丁丁的日语，一级棒。

一开始，他对谋职不怎么积极，"第一，我还没有玩够，第二，我目前还能活。第三，我还没有想好干什么。"

"第四——"杨菲尔玛接着说:"我想,他应该进入政坛!"

"天将降大任于斯人焉,你有什么更好的安排吗?"我问她。

她说:"当然有。"

"丁丁是当官的料吗?"我怀疑。

她说:"他这种性格不适宜当小官,他不是随着别人意志转的蹦蹦车,而是那种能让别人按他的意志转的推土机。"

我吓了一跳。

"这张牌怎么打,我还没有想得太好,看运作的情况再定了。"杨菲尔玛那对眼睛,不漂亮,但神采奕奕,总在洞穿人似的琢磨你。谁第一眼看到她,马上会产生被她大卸八块的感觉,哪块剁馅,哪块红烧,她一下子就把你能够利用的部位,都弄清楚了。了不得,我老伴等她走后评论,是个人物,丁丁斗不过她。我说,也未必,丁丁不是容易剃的脑袋。这位很难说是个美女,最好的评价,是不丑而已的杨菲尔玛,有一股劲,用气功的话说,带功,用物理学的术语形容,具有磁场,把丁丁拿住了。其实,丁丁不爱听人摆布,对她的兴趣从经济领域往政治层面转移,要让他走仕途,当大官,竟然没有表示异议。看来,一物降一物,这话不错。

我估计丁丁在日本,挣了一点钱,不多,也不会少,还能买起一辆吉普车代步,就比我强得多多。但看他刷卡的时候,不像小姐那样满不在乎,"你会坐吃山空的,何况你们的调费采用ＡＡ制,老弟!"

"到时候再说。"因为他一向把生计啊,钱财啊,前途啊,工作啊,不看得那么重。

实际上,这小子还未定性,夫子曰:"三十而立",他都往四十奔了。作为忘年交,不得不再三晓谕:"还是去捧这个铁饭碗吧!"

他去了,纯粹是为了给我面子。过了月把,我打电话问我那位朋友,"徐总,这个丁丁在你的机关里表现如何?"

"你介绍的人,没有错!"他很满意,我也就放心了。

又过了些日子,见到徐总,他试探地问起我来,你完全了解你介绍的这个年轻人吗?

我吓一跳，不知这小子闯了什么祸？

"很能干，很卖力，但大家弄不懂，他干吗要把一年的翻译任务，在一个月里急急忙忙赶了出来，然后就不知下落，为什么？"

那位技术官僚，一张刮得铁青的脸，看着我，希望从我这儿得到解释，我能告诉他什么呢？

显然，丁丁被该死的垃圾吸引走了。

这也是命也运也的事了，人生就像一棵树，人就像一个小蚂蚁在这棵树上爬，谁也无法把握自己爬到哪里，也不知在什么地方，拐了个弯，便在一个树杈上一直走下去，而回不了头。我只好对徐总解释：年轻人啊，吊儿郎当，任性而为，我也拿他没法，徐总是在美国进修过的，见过世面，有点气度，和正经八百的政府官员，还不尽相同。一个上千人的部门，别说少一个，就是少一百，不也照样运转？笑笑，也就不再追问了。

丁丁在东京，有机会结识了一位日本朋友，就是那晚在长富宫一块喝得昏天黑地的高田有司。我结识的日本人不多，但奇怪，好像所有与我打过交道的鬼子，都馋酒，都爱耍酒疯。那天，我真佩服杨菲尔玛，不知这位小姐用什么办法，把我们三个醉成一摊泥的男人，弄到各自的住处，还不影响她工作。

她是个极能干，极聪明，或者说她极有手腕，甚至极其冷酷的女人，这评语是一点也不过分的。她反对别人恭维她是女强人，她讨厌这个词，她说，影视上的女强人，都是准备随时卖肉的货色，给我提鞋我还嫌埋汰呢！至于处理几个醉鬼，还不是旅游业手到擒来的本事，打去一个电话，弄来一辆急救车，花一点钱，就全拉走了。"那时，是凌晨三点，长安街上，你们三位，大唱《拉网小调》，好来劲！"

杨菲尔玛一边料理醉鬼，一边还利用时差，与西亚的她公司办事处的下属谈业务，就在我回到家里，被我老伴数落的时候，她，把欧洲某地她的一间代理店雇佣的当地经理人，炒了鱿鱼。我老伴说，她训起人来，像一头凶猛的母狮，妈拉巴子的村话，都像冲锋枪似的扫射，但关掉手机，又像可爱的小姐了。对不

起了，师母，是我的错，把老爷子灌醉了。看来，你还得给他喝一点酒，他才能醒过来，并且头疼得不会那么厉害。

我不相信我会如此失态，竟然醉得要用酒来解酒，看来，人老以后，最可怕的自我感觉失灵症，开始降临了。一旦失去检点自己的能力，便难免要发生失态和出洋相的笑话了。这个北海道的日本人，起先很矜持，三杯酒下肚后，原形毕露，比我们更加暴露无遗。这时说他是学者，鬼都不信。他说他在温泉浴场打过工，然后用手帕裹住额头，学浴室小厮擦洗澡桶的样子。他还说他是一家小酒馆老板娘的秘密情人，每次风流以后，总可以吃到可口的寿司，还有两千日元的路费。那位太太，最叫他沉醉的是刺青，也就是文身了。他很机密地告诉我们，你们简直猜不到刺在什么部位，刺的什么花纹，他要我们回答。活见鬼，纯粹是酒喝多了，这种谜让人怎么猜，何况还有小姐在座。不过，稍微想象一下，无非阴部或者臀部，于是也就不想再谈这个话题。他见我们反应不太热烈，便说了，是在后背上刺了爱神丘比特和他的箭和一颗心。看起来，这就是小地方的人的少见多怪了。不过这番酒后胡言，倒也令人了解到高田未发达时，在他家乡求生时的卑微状况。

以后，他就从北海道到东京谋生，成了和丁丁同租一幢廉价屋的房客。

因为两个人年纪相仿，性格也有些相通，就熟悉起来。这个日本人，别出心裁，写了一部关于东京垃圾的书，在什么杂志上连载过，很受欢迎。后来，由于这部专著，丁丁忘了是哪座大学，或者还是什么研究部门，居然礼聘他去做客座教授，专门从事都市垃圾的研究。还给他配了助手，还给他装备起实验室，还给他一笔数字不小的拨款。"妈的，这日本国，财大气粗——"有钱人对钱特别敏感，杨菲尔玛发表感想。"中国不会有这好事。"从此，发达了的高田就和丁丁分手，搬到像样的地方去住了。

我可以推测，像丁丁这样的呆子（说得好听些，叫作执着，说得实际些，就是比较的缺心眼或者二百五），还会不被这个日本人抓大头？可能在高田有司发迹的早期，像三孙子一样当垃坂虫的辛苦阶段，多少帮过忙，效过力。于是，在丁丁回国去辞行的时候，高田突然慷慨起来，授权他将其著作翻译成中文，允许在中国内地出版发行。

丁丁问我，能不能联系一家肯接受他译稿的出版社。就从这儿开始，这只小蚂蚁离开杨菲尔玛要他当官的树杈，爬上了另外一个树杈，走上他人生的另一条路。

他的日文很棒，但他的中文是不是一样的棒，我有点怀疑。虽然他想当过作家，但插队的时候，连中学也未念完，对于汉语的把握，是不是那么得心应手，我有些信心不足。杨菲尔玛很认真地说，你对于丁丁的了解，太过于表面，她认为死丁特别值得赞许的地方，就是不达目标，死不休止的劲头。你如果让他造原子弹，他如果答应了，当真了，我相信他能扔一个给你看看的。

"这就是情人眼里出西施了，小姐！"

她说她手下雇有数百员工，凡中层以上的骨干，都得她来口试决定录用，截至目前为止，百分之百地看准，法兰克福那个被刷的代理店主管，就是未经我过目的一个。"我说丁丁行，就是准行。如果，他当初要写小说，老爷子，不但你没戏，那些烂蒜，全毙！"她回首问他："是不是呀？丁丁！"

我以为这家伙起码要谦虚一些，但他不怕大风闪了舌头，堂而皇之地默认："或许吧？如果我当初真打算干的话。"

杨菲尔玛说："看——"

这就只好一笑了之，谁让上帝给年轻人这种傻狂的资本呢！但言归正传，我还是要问一下："丁丁，你不到公司上班，是意味着请假，还是辞职不干了呢？"

他好像早知道我有此一问，"这位徐总也太土了，你不是说他在美国普林斯顿进修过，他该懂得什么叫效率？我完成了全年的工作量，还用得着天天坐在办公室里看电钟指针跳格子玩么？"

"可这是中国，老弟，入乡随俗呀！"

"我把这部书拿给他看过，他也认为，垃圾是工业社会的产物，愈发达的国家，垃圾的抛弃量也愈大，是一种社会公害，

是一种人类自身造成的灾难。那么，我把它翻译出来，有什么不好？"

"可人家是跨国公司，不是环保局，也不是环卫局。"

他理直气壮："我没有耽误工作，再说，环保是每个人的事。"

我明白，与他争也无益，这个死丁，他不是不会认错，而是他不相信自己会错，只好叹气："那个日本鬼子把你坑了！"

那天在长富宫，还没有被日本清酒将理智完全麻醉以前，我看着矮桌对面坐着的这两个年轻人，性格上的差别，非常明显。一个是认准了一件事，就大大咧咧，不顾一切地走下去。一个是精明机灵，走一步看一步，不时调整自己。一个是我既然请你客，就不能让你觉得我寒碜，表现出中国人死要面子活受罪的德行；一个总在琢磨主人如此盛情，是不是蕴含着需要付出更高回报的可能性，而心存日本人的鬼聪明。

我在餐桌上讲，做学问，有时出冷门，也是制胜之道。你不得不膺服在这个人人都碰到，天天要产生的垃圾上，这位日本鬼子称得上十二万分的聪明，还亏他下力气写出偌大一部资料齐备、印刷精美的书来。"敬佩，敬佩！"这是我的真心话，不完全因为那部书有一公斤重。因为在座的丁丁和杨菲尔玛，都通日语，所以，我的话，高田绝对领会。我问他："高田君，你从你们扔的垃圾，来观察国民性的弱点，别出蹊径，做出这一篇绝妙的垃圾文章，最初的灵感是从何得来的呢？"

他先是离席站起来向我鞠躬，感谢我的夸奖。但回答我的问题，却故意扑朔迷离，不着边际。"日本是发达国家，东京是世界大都市，自然，垃圾也是个大问题。"其实这个鬼子，也是精明过头了些。他应该了解，冷门，作为特例，只可一，而不可再，更不能三，你占了先筹，后来人怎么努力，也难免被人讥作东施效颦的。更何况，敝国的垃圾比起贵国的垃圾，至少有五十年的差距，即使想模仿你，也写不出这么一大本书的。

丁丁就是中国人的宽厚了，他代他说，高田君花了整整好几年，简直是水滴石穿的功夫，春夏秋冬，从不间断，每天零点起，随着一辆垃圾车，逐街逐巷，挨门挨户，在人们还没有醒来之前，把城市的排泄物收聚起来，拉到郊区的垃圾处理场去。有的还送去填海造地，那就走得更远。他就在那里，在这些垃圾还未送进焚化炉，或倒进大海里，逐一地翻检，予以登记，照相，然后回到他们共同居住的廉价宿舍里，整理资料，输入电脑。从银座最繁华的商业中心，到正派人不涉足的红灯区，从国会大厦，官员私邸，到商社大楼，富豪公馆，从平民居所，学生宿舍，到小商小贩，鱼市菜市，无处不留下高田的足迹。因为东京住着各式各样的人，所以也就产生各式各样的垃圾，凭这股坚韧的毅力，写出了一部垃圾的皇皇巨著。

"好了不起啊！"我们向他敬酒。

他也一个劲地站起来向我们鞠躬，并且一叠声的"阿里嘎朵"，表示感谢。

出冷门，在文学中，也是邀好的一招。不过，世界如此之大，作家多如过江之鲫，独具慧眼，领先一步，又是谈何容易的事啊？敬这位垃圾才子一杯酒，是完全应该的。也许高田那时从北海道到东京，土头土脑闯天下的时候，丁丁还在新街口礼堂听我的文学讲座呢！所以，丁丁自然讲不了当初他怎么萌生出这最早的创作灵感，而高田又讳莫如深，写书的缘起，也就只好付之阙如了。

现在的日本人，和我儿时在上海虹口所看到的东洋人，和青少年期间逃难苏北时所见到的"皇军"，到底不大相同了，变得特别的精明。他到中国来，后来知道，不是特意为逛故宫和爬长城来的，高田君想把他在日本逮着的便宜，在中国再重复一次。所以，这个不留仁丹胡，不带战斗帽的鬼子，不光跟我玩心眼，跟他的朋友，甚至是帮过他忙的朋友，也玩心眼。

高田不给我答案，使我脸上挂不住，杨菲尔玛看出来了。她虽然赚日本游客的钱，但并不喜欢他们，正如日本商人点头哈腰，一个劲地"哈依哈依"，其实心里怎么想你们这些人，说出来你会吐血。她是什么角色？她能在旅游业界出人头地，跻身诸强，能在萧条的时候挺住，并从银行贷出款来，能在国际旅游业的年鉴里，有她杨菲尔玛的芳名，甚至能够弄个把世界上都知名的政要，来给她剪彩的非凡之辈，调理这个高田，还不是手到拈来的事，也没看她怎么费力，和他碰了几杯酒后，

这位鬼子的谨慎、谦逊、礼貌统统扔进东京湾里去了。

于是，喝到最后，丁丁还是那个德行，挨宰到底，绝不孙子，四个人至少刷掉他两三千元，盘子碟子倒端上来百十来件，但基本没有吃到什么东西，这就是日本菜的特点了。而高田有司，这位据他自己说，昭和多少年还拿到过文部省一个什么奖的垃圾学者，渐渐地不那么拘束，渐渐地有些放肆，显然，他想起了北海道钏路市的那间小酒馆，想起了那位文身的老板娘了。他说她的丈夫到齿舞、色丹岛附近打鱼，一走好多天，那是好寂寞好孤单的。于是，捉住了坐在我旁边的杨菲尔玛那纤纤细手，问："你们住在北京的居民，是不是也轻视外地来的本国同胞？"

杨菲尔玛对于这类爱捉住她手的色眯眯的游客，有很多办法让对方不能如愿。或是给他斟酒，或是请他夹菜，或是建议他松一松领带，或是求他点烟。每次得到一亲芳泽的机会，总是不出五秒钟，又得放手。这位小姐，我服了。

"东京人很骄傲的，尤其在地铁里，对那些搞不清该搭哪条线的外乡人，很卑视的。"

"我们这里，也有那么一点点对外地人的自大情绪。譬如北京人，在有皇帝的日子里，东城西城的贵族，就瞧不上南城北城的平民。譬如上海人，至今，上只角的女孩子，不愿嫁给下只角的男人。"杨菲尔玛的旅游系统，所举办的什么新马泰十日游，港澳一周游，主要对象就是上海那些手里开始有些积蓄的小开，洋房买不起，花个几千块，上万块，陪新娘子到芭提雅看一回人妖表演，还是敢掏腰包的。所以，她对上海不陌生。不过，这些太中国色彩的引证，我不知道她怎么用日文讲给日本人听？

丁丁说："这就是人的可怜之处，在纽约，你说你是住在曼哈顿，你说你是住在哈莱姆，人家对你的眼神是不一样的。让我来跟高田讲——"

这回，他明白了，愤然拍起桌子来，自然是酒的力量："凭什么？大都市的人有什么值得神气活现的？可就是他们，一年扔掉的垃圾，是整个日本垃圾总量的四分之三。我为什么要写

108

这部书，就是要他们丢人。"然后，骂了一通连丁丁都翻不出来的可能是北海道渔民的土话，接着又要去捉杨菲尔玛的手，可每次都因为酒喝得太多，动作失灵，等好容易伸过桌来，她都将酒壶或面巾塞在他的手中。

虽然高田赌咒发誓地说，我不会告诉你们写这部书的动机，绝不会，永远不会，打死我也不说。结果，他不打自招。喝醉了的日本人，要比不喝醉的日本人，更可爱些。

于是，不光高田，不光丁丁，连我也醉得不知所云了。杨菲尔玛后来告诉我，老爷子，你竟然对那位垃圾学者，说出了《水浒传》里孙二娘的话，"饶你奸似鬼，喝了老娘洗脚水。"

愤怒出诗人，这是一点也不假的。

受到都市挤兑的这个外乡人，提起笔来戳穿文明人的大量抛弃排泄物的行为，本来应该写得多一点愤懑，多一点激情才是。但是，高田不喝酒的时候，就过于清醒，和过于计算了，不免写得太稳当，太专业了一些。好几家出版社一听选题，虽然马上感到浓烈的兴趣，可当真地阅读了译出的部分章节，真要投入，不免迟疑不决。因为，垃圾这东西，终究上不得台盘，值得当回事吗？更何况，富裕型国家的垃圾，和温饱型国家的垃圾，不完全是一回事，隔靴搔痒，估计中国读者不一定感兴趣。所以，谈判下来，面有难色。我对丁丁说明底细以后，这个年轻人倒也爽快，没关系，我先写一部关于中国垃圾的通俗小册子，让他们觉得这个选题的价值所在，我再翻译不迟。这样，他就从那树杈越爬越远，简直没有回头的路了。

当时，我大概犯了老人的感觉失灵症，不曾注意到身边小姐的脸色，觉得这小子，生出高田式个人奋斗的想法，也不错，便投了他的赞成票："好哇！"

丁丁把手中的莫合烟掐灭，证实地叮问了一句："老先生，你不反对？"

"我想，这是件对社会，对你个人，都说得上是有益的事情。"

他很高兴，对他的老姐说："你看，你说在中国，不会有人支持我，放着好生生的路不走，去干这种赔钱赚吆喝的傻事，

109

这不有了第一个。"

听到这里，我马上失悔了，因为杨菲尔玛刚才向我使过眼色，看来我不该匆忙表这个态，看来，这就是讨嫌了。事后她埋怨我，你当年一句话，他上了日本。现在，你老爷子火上加油，他该更来神了。他这个人，就怕当真，你也不是不知道。

"至于那么严重么？"我用丁丁的口头禅，回答她。

"他是死丁，你该了解他。"那张脸，马上连最后一点笑容也消失了。据我朋友讲，她早先起步当导游的时候，能够在那么多漂亮的竞争者中，以其并不出众的姿容，获得亲善小姐的称号，可见她的和蔼温馨的笑容，是很赢得游客赞许的。后来，她成了老板，而且是越做越大的老板，分支机构遍布沿海各省，直到东南亚、日本、欧美，就不大见着那芳馨可爱的微笑了。永远一副说笑不笑，说不笑又笑的标准面孔。你不觉得她多么亲近，也不觉得她多么疏远，我真佩服她面部表情保持恒温的本事。哪怕她不景气的那两年，被人家挤压到倾家荡产，差一点要自杀的时候，哪怕后来，她翻过身来，又把别的对手逼到角落里，非跳楼不可的时候，她那张"任是无情也动人"的脸，永远是那张不冷又不热的标准面孔。现在，她完全用不着采用这副面孔，来对付这位不算合法的丈夫，也不算普通朋友的丁丁："你要是想玩玩票，也不是不可以，但要是当真投入，我觉得好像不怎么行。死丁，我认为做什么事，三思而后行，特别算一算回报率，也许就不那么冲动了。"

丁丁有一种本事，不想听的话，他可以充耳不闻。但这一次，他反应了："我绝不是脑袋一热才干什么的。"

"我希望你不要打乱我的计划，因为你知道我在想办法活动，把你弄到一个相当重要的中央机关，那才是你大显身手的地方。"

这个年轻人马上表现出来对前途等题目，不感兴趣。他说他崇尚现实，不想得那么遥远和浪漫，像他走路一样，走一步，是一步。只有幼儿园孩子，才想将来长大了要当海军，要当警察，那是可爱的童话。他认为：高田能做的事，我也能做，高田在日本的成功，我也能在中国获得。

"回报率要看你怎么个算法！"

他的话掷地有声，我本来应该给他鼓掌的，但一看小姐的面孔，便只有缄默了。她太了解丁丁，是个强按牛头不喝水的犟种，只好退一步海阔天空了。丁丁，我支持你译这部垃圾的书，老爷子找不到出版社，我掏钱买书号给你出。小姐劝谕这个死丁：这十几年来，我是把这个世界不能说看透，至少我明白，如果需要做有价值的事，而且这样会使你活得更滋润的话，我也不反对。如果你去写书，当垃圾虫，为此付出的代价太高，而回报率极低的话，那就不值得了。这么办，当着老爷子，把话说死，玩一把，然后收心。

"至于那么严重么？"

"又来了，丁丁，你别太任性，别做大头梦啦！"杨菲尔玛警告他。

这个不管你怎么看，怎么说，也要戴毡帽的家伙，是听邪的主嘛？"那也让我先做做这梦看看——"

事情就从这儿起了变化，他把那个来旅游的高田有司扔给了杨菲尔玛，理由还挺充分，谁让你是搞这一行的大腕人物呢？然后一拍屁股消失了。过了若干时日以后，小姐忽然给我打电话，才知道徐总对我所说丁丁失踪的事情不假。这倒也不意外，他说了要去做他的梦，自然是必去的。但如果按杨菲尔玛说的，玩得差不多，应该收兵了呀！从杨菲尔玛嘴里听到，这小子一发而不可收拾，成天泡在垃圾山里，小蚂蚁走得可是太远了。

"老爷子，死丁跟你联络过吗？北京有许多垃圾山。"

真是滑稽，我不由得脱口而出："你是他的太太呀！怎么问起我来？"

我很佩服现代年轻人的不在乎，"我什么时候是他的太太呀！只能算一半或四分之三的妻子。"

"不是前不久——"我记得他从我那儿一甩袖子，咚咚咚地走掉的呀！

"这一猛子扎下去，再没见他的影，反正，北京市最近没有发现过无名尸体，估计他活着是没问题的，但这个人在哪儿呢？我在找他！"

她一张嘴，什么死不死的，让人听了怪不舒服。我不想批

评这位小姐，就说："丁丁也太不像话，吭个声总是应该的嘛！"

"这就是他的风格啦！"

"什么事害得你必须找到丁丁？"

"我正在按我的计划目标前进，第一步，他得尽快到徐总那儿报到。"

"哪个徐总？"我以为她说的是另一个我不认识的人。

"就是你的老朋友嘛！"

我印象里，只是为了谋职，曾经带着丁丁去见过徐总，当时，她并没有陪同，因为她认为我是多此一举。既然丁丁不好辜负我的一番好意，她也就没有拨我的面子。她说按她的纲领，把丁丁安插到她要让他去的那个重要部门，是个早晚能成的事情，只要打通关节就行，按她的逻辑，这世界上没有用金钱买不来的一切。怎么她对徐总产生兴趣？这就透着蹊跷，一，彼此不认识，二，她瞧不上那样技术部门，不是决策中枢，我不禁发愣，摸不清她走的一步什么棋。杨菲尔玛是个人精，她看出我的诧异眼神，连忙解释："前几天在一次飞往香港的飞机上碰见的，而且紧挨着座位——"

"真是无巧不成书。"

这女人，好了得。尽管我是个蹩脚的作家，我也能想象在那个几千米的高空，这个不漂亮但有股磁场吸力的女人，怎样用她辗然一笑，把身边的在普林斯顿留过学的老总，弄得五迷三道。她如果想要把谁摆平的话，是不费吹灰之力的。应该承认，这个杨菲尔玛是女中之杰，杰就杰在她不是用面孔或者身体，而是靠她的头脑和技巧，来赢得对方的绝对信任，若是她想让你为她做些什么的时候，不致使你觉得她欠你什么，而是你很乐意地为她效劳，是一种朋友之间无须讨价还价的义务，这实在是了不起的本领。

"他其实我是应该认识的，徐总说他和我也有过一面之缘。"

我不禁问她："你到底认识多少个部长一级的朋友？"

"你应该反过来说，还有多少重要的人物，不认识杨菲尔玛？"

"小姐，真有你的。"

"生活，其实很像一面筛子，能留存下来的，都是体积超过网眼，也就我们所谓的庞然大物了。但这样的人，在社会中是少数，大部分个头小的，都存在着被筛落的危险，但是，也没有关系，只要你聪明，你能干，你或是吞掉小的变成大的，或是和个儿大的联结在一起，就永远筛不下去。"

她说：有些女人，光漂亮，没头脑，有些女人，有头脑，可不漂亮，她很坦率，我属于后者。可我懂得该用什么最佳手段，来应付哪怕是最难对付的对手。你知道我经常出入旅游饭店，我经常见到那些卖笑的摩登女郎，我总是想对她们说，傻女孩啊，你如果很容易地就脱掉你身上最后一件衣服，然后呢，就再没有什么可卖出好价钱的东西了。只有靠头脑的女人，那天地才永远宽广。

我可以肯定，绝不是喝过洋墨水的徐总一定要找到丁丁，而是这位女中之杰让他生发出找到丁丁的愿望。她没有这个把人玩得团团转的本事，也没法是那个只有一百多个会员的乡村俱乐部里，说出话来，别人不敢小视的人物了。就凭这张只能算不丑的脸，拥有俱乐部百分之五十一的股权。请在美国也见过世面的徐总，到那里体验一下贵族和富豪的生活，我的这位朋友会拒绝吗？于是，她的什么要求，也就自然不会被拒绝了。

她说，徐总的意思，想让丁丁负责他们公司的信息中心。虽然她用不屑的口气说给我听，那仅不过是一个处级单位。但是，老爷子啊，在官场的运作中，阶梯是要一步一步爬上去。没有处级这个台阶，她就无法使丁丁在下一步，按她的计划，过渡到某个非常重要的部门，获得局级的差使。当然，要做，也不是绝对不行，那肯定要费点口舌，不如这样水到渠成的好。

若是从达尔文"物竞天择"的进化论角度看，生活有点类似胜者为王，败者出局的拳击运动。那么，杨菲尔玛就称得上是拳王一流的重炮手，没有她打不倒的对手，没有她达不到的目标，我从心里替那位忘年交着急，这个死丁啊，你可以不在乎她的具体安排，却不能不珍惜这样一个关心你的女人呀？连招呼也不打一个，实在不像话了！

我认为，从现实主义角度考虑，丁丁似乎不应该拒绝这样

的安排。

"在飞机上，我发现你的老朋友，是个一点就透的明白人！而且答应，可以批准在他的部门，试点一下美国很流行的弹性工作制。"

那天徐总对我谈起丁丁的不辞而别，口气绝不是赞美的，很强调他们是相当于政府一个部的大公司，言下之意，倘非看我的面子，很可能要按公务员条例来处置的。但现在，不仅宽容，还要重用，徐总的这一百八十度的转变，使我想起杨菲尔玛曾经发出过阿基米德式的狂言，要是给我一个支点，我可以把地球撬起来。

我与这个杨菲尔玛的父母，有过一面之交，因为我原来也在铁路上工作过，是朋友的朋友，多少知道这一对奉公守法的铁路局员工。两口子退休的时候，各捧回来一块荣誉奖状，杨菲尔玛告诉我，她父母所以获此殊荣，就因为查了考勤表，这两位一辈子，未迟到，未早退，也未请过假，冲这一点敬业精神，就可了解是怎样地谨小慎微、恪尽职守的人了。于是，当我知道她是他们的女儿，我一直怀疑，杨菲尔玛究竟是不是他们的亲生骨肉？一点不像，半点也不像，她父母生怕树叶子打破头，兢兢业业，如履薄冰，她却想把地球当陀螺来转。在她眼里，我们所有这些人，都是棋盘上由她驱使的棋子而已。

"他怎么也得在公司里露一下面。"她这才想到要找丁丁的。

当她把她的打算，怎样安排丁丁在九五规划的头两年，要连跨三大步，由处而局而部的包装计划，毫不保密地告诉我的时候，我忽然发现，年过六旬的我，并不是很坚强的经得起诱惑的人，我眼红了，我嫉妒了，我痛恨我为什么不年轻三十岁或四十岁，把这个女人从丁丁手中夺过来。她岂止是贤内助呢，简直是靠山，是矿藏，是宝库，得到了她，等于是芝麻开门，等于想要什么，就有什么。然而，"多情应笑我早生华发"，早过了做美梦的年代。但是，那个中了高田有司毒的小伙子，竟去捣腾什么垃圾，这不是捧着金饭碗讨饭嘛？如果此刻他在我眼前的话，我会揪着他的耳朵，教训他："你这个死丁啊！放着金晃晃的皇冠不戴，偏戴你那毡帽头，难道你是神经病么？"

可是，到哪儿去找这个杳如黄鹤的丁丁呢？

失踪的这段期间里，丁丁曾经浮出一次水面，我没有当回事。早知道，我就用绳子绑住他，不让他一去无音讯了。

因为，他那种秉性，我太了解，让他放下他感兴趣的事，回去上班，他也许会送上去一纸辞呈。还不如让他玩够了，再干正经。他在我沙发上照例朝天躺着，再不是他那不太好闻的莫合烟气，而是散发出烂西瓜，和馊西红柿的很糟糕的味道。不用分说，便晓得他是从哪里来的了。

"还要去那儿？"我想他也许玩够了。

"当然——"

我泼他的冷水："老弟，我以前被劳动改造，洗面革心时，曾经罚扫垃圾，处理污秽，以示惩戒，对此稍有研究。中国人是这个世界上最会过日子的民族，克勤克俭，绝不敢暴殄天物。一块布，新三年，旧三年，缝缝补补又三年后，还要刷上浆糊，贴在门板上待它干了以后，再一针一线衲成千层底鞋，让它在脚下一点点地磨成粉末，可见物尽其用的彻底性。只有绝对不能再度利用的废物，才恋恋不舍地扔掉。所以，哪怕烧过的煤球，也要筛出煤核后，余下的灰烬才铲进垃圾桶。"文革"期间，最多的垃圾，就是那些大字报了，也有人专捡这些卖给废品收购站，而不无小补的。再早一点，三年灾荒时期，连菜帮子都不扔的，大家都处于人比黄花瘦的境况之下，垃圾桶也就空空如也了。虽然如今日子好过多多，不少人家搬进新居，庆贺乔迁之喜。但是，到这些人家的晒台看看，无不装得满满的。而这些东西，十之八七，都不会再派什么用场了，然而决不会抛弃。"

他反驳我："你去看看吧！勤俭的中国人越来越少，浪费的中国人越来越多，而胡乱糟蹋人类自身生存环境的中国人，就更是可怕。如果从现在起不关心垃圾问题，我一点也不是危言耸听，中国会成为一个大垃圾箱。"

这番话，有点宣传品的味道，但听他说得这样激动，我相信他是真诚的。这小子不玩虚的，一就是一，二就是二，立刻心凉半截，这小子一认真，便不可救药，看来，中毒太深了。只

是说了一声，徐总那儿要有个交代才好。

他说没有问题，开革就开革吧，然后，吃了老伴给他做的四个荷包蛋，喝下两大碗面条，跟我大谈特谈垃圾经。"老先生，你从我身上，是不是闻到了夏天快要过去，秋天已经来临的气息了呀！"他苦笑："这就是垃圾的四季，让你领教领教！"

"谢谢啦，你走了以后，我必须洒一瓶花露水，才能去掉这股恶心味。"

"整个城市在垃圾的包围之中，将来一直堆到你家门口，堆到你鼻子底下，你怎么办？"

"那大题目，就不是你我能做的文章啦！"我当时所以这样说，是因为不能再鼓励他在垃圾堆里奋斗，而耽误了他的前程。我固然不了解杨菲尔玛非把他送到那样重要岗位担任要职，有什么特别的目的，但她并不是把他往火海里推，总是好意这一点上，我得让他回到正确的道路上来，干吗非要当高田有司，出垃圾风头呢？

这个年轻人，心里有什么，脸上马上有什么，他对我太失望了，在地板上咚咚咚地走着。他说："没想到你老人家也这样劝阻我！"

他向来是个不大认真的人，也一直是个很少把问题看得严重的人，这种发生他身上的不知是好，还是坏的变化，使我说话不得不更慎重。那张杨菲尔玛的脸，我是记得牢牢的。她不赞成他热衷垃圾，而是要让他走仕途发达之路。

"一个人的力量是有限的。"我劝他适可而止。"你不能力挽狂澜。"

"要人人都这样想，这垃圾早晚不把大家活埋了嘛？"丁丁在我书房里，很激动。"总得要有人站出来，不能都缩着脖子，装看不见。"

"想不到，你现在比高田还高田——"

"我和高田不一样，他把垃圾当作手段，达到他的目的，我没有其他目的，我的目的，就是垃圾。"

我看他有点走火入魔了。

"你简直想象不到，人这种动物，是多么不负责任，在消耗掉地球的大部分资源的同时，又把地球糟蹋得不成样子。你知道宇航员在太空中最大的苦恼是什么吗？就是他们必须生存在自己粪便的臭气中。人类也会有一天，只好生活在自己制造的垃圾堆里。"他从沙发一跃而起，"你老人家不要老关在屋子里写小说了，我先陪你到垃圾长城去观光吧！"

"谢啦，你身上的气味，我已经领教了。"

"不到长城非好汉，你要不到垃圾长城，你绝不会坐卧不安的。"他警告着。

后来，杨菲尔玛陪着高田有司一块到我家来，要我为他的《东京垃圾の研究》一书，写一篇序，因为她计划为这本书在中国问世，开一次新闻发布会。我也弄不清楚鬼子是一直没有走，还是从日本又来了？更弄不清楚这本书是出版社打算接受，还是她有办法来满足丁丁的愿望。总之，这一切，对她来讲，轻而易举，小事一桩。看来，这位小姐说话算话，玩玩是可以的，那就让你丁丁玩个够，然后，收心，走我为你安排好的路。

既然我答应写序，就不能不和高田谈谈垃圾问题，他证实了丁丁的一席话半点也不过分，城市的排泄物，是城市的灾难，几乎所有人口超过一百万以上的城市，都能看到这种被垃圾包围的吓人景象。在直升飞机上，最能看清这种场面了。因为他后来成了垃圾学者，还被科学厅的一个什么排泄物课，聘为顾问，就可以摆谱，要求自卫队弄一架直升机来，到天上去兜兜风了。你不由得不叹服，外国人只要认真起来，能把鸡毛当令箭，绝对把事当事办，不怕小题大做。而我们，对不起，完全有可能把令箭当鸡毛，大题小做，无论什么都可以稀里马虎，而不当一回事地糊弄过去。

待杨菲尔玛拉着我找丁丁，到三家店去了一趟，才相信垃圾成灾不是在夸大其词，这也是我一心要写这篇垃圾故事的缘起。虽然不免牵强附会，为明公所摇头，但我亲眼看到丁丁，以及和丁丁差不多的年轻人，甚至还有些女孩子，一头扎到城市垃圾这个难题中的热忱，我姑且垃圾一回，即使贻人笑柄，又何妨呢？我们每个人都是地球村的公民，如果置若罔闻下去，等到垃圾埋住脖子，那时，谁也救不了谁啦！

丁丁继续教育我，老先生，你坐在家里，不知道堆积如山的垃圾，会带来怎样的灾难？恩格斯说过，原始人是无意识地使他们的排泄物，起到肥沃土地的作用。而现代人，同样也是由于无意识地制造出无数垃圾，最终将人类自己埋葬。他摇头，他认为我不应该无所谓，不应该和常人无区别，他不喜欢我的冷漠态度，他简直朝我吼了："你是作家，作家应该呐喊！"

我谢谢他对作家的高看，但我也注意到他在说出"呐喊"这两个字时的脸色和手势，带有一点宗教传道士的狂热。虽然，我还是怀疑，唱高调对这些年轻人来讲，不是一件难事。但是碰上丁丁这种悲剧色彩的性格，他一旦执着于什么，进入了角色，大概轻易退不出来的。于是，我设想他的后果：或者成就事业，或者狗屁不是，或者一意孤行，或是把自己前途毁了，都是有可能的。他就这样把一个最好的当官机遇，错过了。如果，换上丁甲、丁乙、丁丙，经我们苦口婆心地开导，都不会认死理到底，就这个丁丁，像那个从北海道到东京的高田一样，一头扎进郊区的垃圾山里，不但出不来，而且找不到了。

我们当然没法按那位日本国垃圾贵族的话，租一架直升飞机，从高空发现丁丁。高田君这个建议，透出日本人的聪明，我们常说小鬼子的鬼，有时是并无贬义的，因为他们总是能够琢磨出更出色，更高明的点子。譬如茶，是从中国传去东瀛的，可经他们一喝，成了茶道；譬如半导体，是美国发明的，可日本用以制造的电器产品，却把整个世界覆盖。他说，那是最佳的找到他的办法，只要发现垃圾堆上有个戴毡帽的家伙，就降落下来，除了他，不会是别人。

大家轰然叫绝，这当然是非常好的想法，如果不是首都，而是别的城市，法力无边的杨菲尔玛说她有门路做到这一点，别说直升机，波音747她都经常租来做包机的。但在首善之区，她只好用她的私家车，载着我，到北京市郊区的各个垃圾处理场去，寻找那个马上要当处长，很快要当局长，不久要当部长的丁丁。

我钦佩年轻人认准了一门的坚定性，女的偏要男的按部就班走她规定的当官之路，男的偏要投入女的绝对反对的垃圾事

业，两口子在不宣而战，看谁拗得过谁？我早说过的，如果让我投票，我是庸俗的现实主义者，有这样的好事等着丁丁，却去和垃圾中打交道，那多少是荒唐的选择。

但是，那个戴毡帽头的家伙，要会算这笔账的话，也就不是死丁了。

垃圾，北京人读作"拉基（la ji）"，上海话读作"拉西（la xi）"，我到过宝岛，那里却读作"勒色（le se）"。那天，我问过这个身上有股垃圾气味的年轻人："丁丁，到底哪个读音正确？你现在是中国的垃圾专家了！"

这个家伙，他要不高兴你，且不会马上改变看法呢！"无论怎么念，它总是垃圾，还用得着咬文嚼字么？其实，你有那工夫，还不如把这两份报纸上的材料，原封不动地写到你的作品里去呢？告诉那些只看小说，不看世界的读者。"说着，就塞给我，同时递过来我的老花眼镜。"你看看，就知道城市垃圾的危机，多么严重了。"

如果他早生五十年，或者一百年，我想他很可能在武昌参加辛亥革命，打倒鞑虏，也可能到非洲大湖地区去做传教士，给黑人部落灌输现代文明。他就是这种认准了，就执迷不悟，就抛头颅洒热血，就咚咚咚把路走到底的人，我不大觉得杨菲尔玛有多少办法使他回心转意。

他把报纸摊开，"请——"我拿他没办法，只好硬着头皮看下去。

第一张是美国的《华盛顿邮报》，当然译成中文的，上面写道："晨曦微露，天空一片深蓝，东方地平线上金光灿烂，这是美国的又一天，对美国垃圾行业来说，意味着又一堆 55 万吨重的垃圾出现在地平线上。

美国家庭每年倒掉的垃圾，总共有 2 亿吨。美国人生产的垃圾，按人头算几乎是德国和日本的两倍。其成分：快餐包装物占总数的 0.5%，一次性尿布为 1%，大头是纸张，约占 35%，庭院废弃物占 20%，废金属占 8%，玻璃和木料，各占 7%，其余为 5%。

美国全年为处理垃圾，要花掉近300亿美元，能回收的钱，极其有限。仅以蒙哥马利县为例，每年处理后的垃圾，卖出去可值100万美元，但投入处理的费用为1000万美元。"

第二张是我国的《北京青年报》：

"我国每年产生的生活垃圾已达到1.46亿吨，而且以每年9%的速度增长。由于资金、技术、管理等各方面的原因，我国城市垃圾无害化的处理率仅为2.3%，剩下的97%的城市生活垃圾只得运往城郊长年露天堆放。到今天，全国历年垃圾的堆存量，已高达60多亿吨，致使200多座城市陷入垃圾的包围之中。

填埋是目前我国各大中城市垃圾处理的主要方式。1吨垃圾从收集、运输到填埋，全部处理费用达到95元，相当于一袋面粉的价格。"

看到这里，我问他："怎么样呢？"

"你把它写进你的小说里去，唤醒世人啊！"

"丁丁，你也曾经是文学爱好者，该知道小说和宣传品的差别。"

"我就想要你把垃圾写进到小说里去。"他见我反应不热烈，便问："垃圾进不了小说？"

"至少我不曾见过。"

他笑了："现在还有什么见不得人的东西，不往小说里塞啊？"

"那和垃圾是两回事。"

他反唇相讥："得啦，老先生，你的同行们写的那些破玩意，比垃圾还垃圾呢！恕我不客气地说，有些作品，甚至连垃圾也比不上，只不过是臭气冲天的一通狗屁罢了！"

"那是另外一回事！丁丁！"

"我说错了嘛，屁有什么用？垃圾至少还有回收价值。"他说："1公斤的垃圾，相当于0.2公斤煤所产生的热量，你知道嘛！你收集100公斤废塑料，就能回收90公斤汽油！

"又来了，又来了，求求你，咱们不谈垃圾，行不行，换个话题？"那烂西瓜和馊西红柿的气味，已经让我头疼的了。

这个认死理的家伙瞪着我，"你可是支持过我，要我去写垃圾的通俗小册子的哦！"

天哪，看来，我信口一说的话，竟使他走火入魔，成了一个垃圾虫了。

杨菲尔玛很客气，很礼貌地邀请我，去寻找这个失踪的丁丁。正因为她那难得的笑容，一点哀的美敦的危机情绪，也没有看出来。倘不是我迟钝，便是她太令人莫测高深了。她让我说服丁丁去当这个处级单位的头，"机不可失，时不再来！"她向我解释："那是一环套一环的运作过程，路都给丁丁铺垫好了，他不上套是没有道理的。"

我赞叹她做妻子的努力："你也不容易，为他！"

"有什么办法，也许这就是所谓的爱吧！"

我不大喜欢听她这种把感情不当一回事的语言，便扯到别处去："如今办事之难，可想而知。"

"倒也不见得，看什么人办！"她说得很轻松，因为这世界上没有她打不开的门。不过，她又说："如果我感到值得，如果他觉得领情，那是另外一回事了。"

这女人，你不佩服也不行，她让我对丁丁说，三年内达不到预定目标，她可以补偿他的全部损失，而且他能按她的要求，用这种正常的手段，赢得一切的话，她也会让他得到需要的一切。虽然，她承认，在商品社会里，用不那么光彩，不那么干净的办法，并不稀奇。但这一次，她要做到毫无挑剔之处，把丁丁最后送到那样关键部门站稳脚跟。因此，除了好名声，好出身外，从正经八百的途径上来这一点很重要。所以，她认为，这个丁丁不跟她配合，躲着她似的找不着，更不可理解。

"也许他不想当官。"

"不是他想不想当，说白了吧，朝中有人，那是大不一样的呀！我需要他当，我们需要他当。"

我既不是捧她，也不是损她。"要说在政界混，你更适合，

这是实话。"

她笑了，我可不行，我已经名声不佳了。因为我手头经营投资的项目太多，无一不是是非之地。冲我平均每年要打几十起官司，这形象也好不了。我只能栽培别人替我当官，为我说话。所以，休看我经常上法庭，十起官司，至少有八起稳操胜券。

我听说过，即使那败的两起，她也能使赢家最终比输掉还要惨，因为，她有人，有钱，有的是办法，让人家付出更高的代价。

她否认："没有那事，适当的营业亏损是企业的正常行为，我不要求全赢。"

我说："我是从一个被撤职的涉外饭店经理那里听来的。他对你的结论是什么，千万别惹那个女人！"

杨菲尔玛摇头，"所有失败者，都拼命原谅自己，而怪罪别人。他没有告诉你，他跪下来求我高抬贵手吧，这样人也算是男人？"

"你可没有手下留情。"

"不，对鼻涕虫原谅，其实是助长他的软弱，越这样，越狠狠治他。"她的结论是"这年头，好男人太少"。然后话题又转到丁丁身上："这，你就明白我能和他生活在一起的原因了，他是个很特别的汉子。"

我想这是真话，丁丁和他同龄人不大相同的地方，便是他的这个特别。譬如，他到澳大利亚去，心血来潮，给毛利族的一位头领，开了半年车，而且是无偿服务。问他为什么要这样做，谁到澳大利亚，不是为了挣钱或者图张绿卡呢？他最反对人家问他为什么，他说，不为什么，也可以去为什么的。逼急了，他才说，不过想学学毛利人语言。杨菲尔玛是生意人，脑筋一动，说好，我们以后可以发展这种旅游业。他说，你别指望我，我不会干的。她问他，那你为什么学？这岂不是白学了么？

我也想知道答案，望着他。

结果他说："我不过是测验一下自己的生存能力。"

他就是这么一个按照自己的方式去领受痛苦，尝试快乐的人物，不怎么好改变的。所以，她只好找到我，要我陪着她去找他，她说，老爷子，我不希望把事情闹僵。更不希望出现他逃，

他反抗，他掉头不顾的局面，那后果就不堪设想了。

“不至于吧！”那时，我不知道她在北京四周已经找了一圈。

“他是个想干什么，绝对要干成什么的人，毛利语都学会了，全世界一共有多少用这种语言的人啊！他一旦认为必要，就会咚咚咚走下去，不回头。”

“看来，你识货，他的优点和缺点全表现在这上面。”

“所以，他的坚持性，加上我的灵活性，在这个世界上，便是无敌搭档。”

我承认，确实是最佳配合。

“可惜，他不明白我需要他。所以，求你向他剀切地谈一谈，晓以利害，但愿他能听得进去。”

谁让我支持那家伙呢，既然惹下了祸，只好陪着小姐往郊区奔波。秋天，本是北京最好的旅游季节，但我们不是去香山看红叶，而是跑垃圾山，实在不是好差使。

车开出城外，便放开速度，看了一眼指针，很快一百迈，只听车轮擦地的唰唰声，车体平稳地向西山疾驰而去。我不由得赞美她的开车技术，和她这辆漂亮的车。

她笑着伸出四个手指，向我示意。

“够意思，四十万。”我记得丁丁想买过夏利的，才八九万，后来因为单双日行驶，又转手了，相比之下，真是小巫见大巫了。那我这个无车阶级，就更没法提了。一部长篇小说的稿费，甚至买不来一只汽车轮胎啊！

“不，”她告诉我，“这是我换过的第四辆车。”

她说：对她们这些拥有乡村俱乐部会员证的经理层面的人来说，财富的象征，不在你拥有车，而是你能不能换新车？你老是开那辆车，和老是穿那件时装一样，是很跌身份，很裁面子的。“车子是一种身份的标志，经常换车，是一种财富的衡量尺度。不过话说回来，有的人一下子坐上奔驰600，那只能说明是个暴发户。”

“你这样一次次换车，该花多少钱啊？”我不由得羡慕。

“这笔账，你就算不过来了。实际上，这辆车的百分之六十的车价，是我上一辆车脱手的钱。我只不过花了百分之四十，

批注空间

就坐上一辆更豪华的车了，很划算的呀！"

我琢磨好一会，也不知道，是她不会算账，还是我不会？也许，富人和穷人的价值观是不相同的。算了，轿车与我的距离如此遥远，管她觉得便宜也好，吃亏也好，不与她理论了。这就如同一位下岗女工，生活无着，衣食犯愁，还去关心鱼翅的烧法，鲍鱼是否新鲜，是不是有点魔怔？

车行驶了一段路程以后，那股丁丁曾经带到我家去的烂西瓜、馊西红柿的气味，从车窗外吹过来，便知道目的地不远了。

然后，就是想不到的一片像丘陵似的垃圾山，展现在眼前。说实在的，谁要第一眼见到这种场面，不惊呆了才怪。使人骇怕的不是城市排泄物的数量，而是它像一个怪物在无限膨胀着的恐怖前景。

如果不是杨菲尔玛眼疾手快，赶紧刹车的话，不撞着那些在垃圾山上觅食的猪狗鸡羊，也会碰着不知从哪儿钻出来的小孩子。那些用牛毛毡，用塑料布，用水泥袋纸搭在垃圾山四周的棚户，几乎是一个集镇。顷刻间，垃圾堆弯腰捡东西的人直起身来，都用惊讶的目光打量着这辆闪着红宝石光亮的车，和车里坐着的这位小姐。而我则更惊讶地注视着眼前这片密密麻麻，依赖垃圾为生的人群。

我看杨菲尔玛的那身穿戴，和那双高跟鞋，便说："小姐，你就在车里坐着吧，我下去打听。"

"不——"她先下了车，无所谓地踩着遍地垃圾，向山上的人群走过去，那是一条在垃圾上压出来的坑坑洼洼的斜坡路。老实说，任何一位女士，有勇气不噤鼻子爬上好几十米高的山顶，我得朝她举大拇指。她连眉头也不皱，一副不在话下的模样走上去，让我佩服。我说，"杨菲尔玛，我一点也不是表扬你，原来丁丁向我介绍，你是一点一滴打下的天下，我还不大相信，看来你真是个敢打敢拼的实干家呢？"

她急于找到丁丁，对我的恭维没有反映，而是向人打听，"我们要找一个戴着毡帽头的年轻人，谁知道？"高田出的这个从帽子找人的点子，还挺灵光。几乎没有一个人不认识他的，看来丁丁在这里，大名鼎鼎。不光是他的毡帽，而是觉得他不可

理解，一个开着车来捡垃圾的人，是不是神经肯定有毛病。然而问到他此刻在哪儿，谁也不可能给个准确的答案。有的说他来过，有的说他走了，有的甚至悄悄说，没准他出事了吧？他也不穷！放着好好的日子不过，来捡什么垃圾呀！

我听丁丁说过，每个垃圾山，都是几个垃圾部落抢来夺去的地盘，会为几块钱的可回收垃圾，打得头破血流。我对杨菲尔玛耳语，是不是有可能被这些人误会了，以为他对大家的生计构成什么威胁，而对他怎么样了？

"不可能——"她断然反对。"丁丁是谁？他连加里曼丹丛林都去旅游过的，还碰上过游击队呢！"

她从提包里掏出一沓钞票，朝着人群摇晃，马上有许多人扑过来。我埋怨她，"你这是干什么？你也不怕他们把你吃了？"

"我来过的。"

"你？"怪不得她也不打听路，一上车就开到这里。

她对围住的大人小孩说："看这回谁能把他找来，钱就是他的，我们在下面公路上等着。"看起来，还是钱管用，果然好多人放下手里的扒子、夹子、篓子、口袋，飞也似的向四处跑去。

"走吧，老爷子，咱们回车上去吧，他会出现的。"

一边走，一边问她："你怎么肯定丁丁在这里？"

"他已经把北京市各个垃圾场都走了一圈，要在这里重点研究了。这一个礼拜，害得我跟着他的脚印走，说真的，我也烦了，我的耐性也快到头了，他要么跟我回去，要么，他就留在这里，从此分手。"

话说到接近最后通牒的程度，我才感到问题的严重性了。

与一位太精明的女人说话，是很劳神的。

她问我："其实，丁丁只不过算是一个穷光蛋。"

这种说法，不免太夸张了些。"也许在你那个乡村俱乐部里，有个几万块钱，大概是不算钱的。"

她又问我："丁丁先在日本，打工读书，后来又跑到美国，读书打工，学位是拿到了，但并不等于拥有什么真正的学问。"

这又有什么关系呢？"博士找不到工作，教授还卖包子，

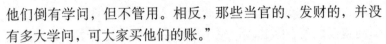

他们倒有学问，但不管用。相反，那些当官的、发财的，并没有多大学问，可大家买他们的账。"

接着，她提出来一个新的问题考我："你是作家，你经常描写人物，你帮我评价一下，你的朋友丁丁，称得上是个小白脸吗？"

我看了她一眼，摸不清楚她兜这么大一个圈子，想说明什么？

这时，丁丁的吉普车从山顶摇摇晃晃地出现了，车上车下，车前车后，是一大帮想得到五百元赏金的人群，浩浩荡荡冲下来，这西部片式的镜头，逗得车里的这位小姐忍不住笑。她说："看见没有，只有他干得出来！"

于是，我也省得回答她的三个问题，事情发展到快要决裂的地步，外人是不好乱插嘴的了。后来，丁丁告诉我，类似的斯芬克斯式的问题：你一文不名，你学问一般，你人不出众，回城的路上也正正经经地对他宣布过的。杨菲尔玛的思路，已经像大人物那样充满绝对的自信，金口玉言，说什么，是什么，别人只有毋庸置疑的份了。而且，她在给你提出问题的同时，事实上的标准答案，也给你准备好了。

看样子，丁丁只好这样回答：我其实没有什么，不过是你可以选择的许多合作对象中的一个，但并不是唯一的一个。这也等于说，我丁丁应该感到荣幸，因此，我只有来不及接受的义务，哪有敢于拒绝你杨菲尔玛的权利。

于是，就在离开三家店不远，快到石景山的那个叫作衙门口的地方，在她那辆漂亮的车，和丁丁那辆老爷吉普之间，当着我面问他："或是你回到你的垃圾堆去？或是你跟我进城马上到徐总那儿去报到？"我以为那个死丁会蹶屁股，调转头，脚跟着地，咚咚咚地拂袖而回的，没想到，他的那句口头禅又来了，"至于那么严重么？"

幸亏杨菲尔玛不是倾国倾城的美人，否则，她该不知怎么折腾呢？一直到丁丁这群人马，伴着一路飞扬的垃圾和尘土，从山顶刹不住闸地到了车前，她才慢慢地开了车门走出来。

丁丁在车上站起来，戴着那顶毡帽，说笑不笑，说不笑也笑，他不傻，知道有台好戏等着他唱；而拼命要找到他的杨菲尔玛，倒沉住气了，朝他看着，说恼不恼，说不恼又恼，但她绝不会发作，哪怕马上送你上断头台，也是那副标准面孔。这时候，围过来的群众，都朝她伸出手来，声称是自己找到的，要得到那笔赏金。而丁丁说，别听他们胡扯，根本是我看见你的车，放下手头的事，马上开着吉普过来的。他再三强调，这京西三家店方位的垃圾山，方圆好几公里，是北京市不算第一，也算第二的垃圾堆放场。从山那边翻过来，是有段路程的。

她不理他，走向大家："我向来说话算话——"于是，只见她手一扬，那些钞票就飞上了天空，然后，沸沸扬扬地飘落下来。接着，垃圾山下，便是争来抢去的场面。说实在的，疯狂捡钱的人，打成了一团，顶多令人觉得可悲，而洒钱的人，那种钱多得烧包的狂妄，就叫人感到厌恶了。但过后丁丁说我还不够了解杨菲尔玛，"她每一分钱都花在有用的地方，这是她的手法。下次她来这里，如果她高兴，要是想让我吃顿苦头，只消一个眼色，这些人就会蜂拥而上，为她卖命而把我砸扁的。"

就在这些抢钱的群众，把我们两个人在吉普车旁边推来搡去的时候，小姐自己坐进车里，连招呼也不打，一溜烟地开走了。

"咦，这个人，怎么回事？"我怔住了。

丁丁也摘下那毡帽头，摸着脑袋，看着那辆红宝石似闪亮的汽车，疾驰而去。

好一个杨菲尔玛，我不得不承认是个能做大事的女人！如果说她图谋得周到，还不算什么了不起。那么，她下得去手，做得出来，就让人吃惊。而且，她为达到一个目的，不择手段的这份狠绝，就有点叫人心寒了。天啊，敢情她拉我来，是把我当作钓饵，硬逼着丁丁必须送我回去，因为，即使丁丁一百个不乐意，也不能把我撇在离市区三四十公里的垃圾场不管呀！

"走吧！"他扶我上了他的车。

"其实，她这样做，并不是坏意。"我还是希望这两口子把目前的关系维系下去。"也许上了年纪的人，就比较珍惜哪怕是将就的稳定了，即或是勉强的安宁，也要比闹得天翻地覆，彼此伤害以后痛苦地分手好。"

127

丁丁笑了笑，"不至于那么严重的。"然后，他开着这辆像喝多了老酒的吉普车，有意地绕这个垃圾山一周，让我欣赏一下本世纪最后二十年间，人类不自觉地用排泄物筑起的垃圾长城。而且，我还有幸在垃圾山下，碰上几位来自城内的类似丁丁这样全身心投入环境保护的年轻人，有男有女，有的还是从国外归来的留学生，真令人肃然起敬。也许丁丁给高田有司当过几天助手，对东京市垃圾的处理有些感性认识，看得出他和这些人显然很愉快地合作着。

然后，我们就挥别环保一族，打道回府，一路上，听他向我介绍关于垃圾的危害性，那些三条腿的蛤蟆，两个脑袋的蛇，都是大自然被污染的结果呀，接着批判我那种无所谓的态度，然后回到他那永恒的主题上，你是作家，你要呐喊。

他像传教士那样开导我，首先，必须教育居民懂得，垃圾必须分类；其次，让居民懂得，扔垃圾必须缴纳一定费用；再其次，要在居民小区里消化掉垃圾，尽量不制造污染。一个有着20万人口的住宅区，每天要产生240吨垃圾，通过焚烧，可以获得2880吨50℃以上的热水，这岂不是一举两得的好事嘛！

"哦，天，你能不能暂时不谈垃圾？"

他挺顽固，"正是要在垃圾堆上谈垃圾，你才会有深刻的印象！"

我不禁哀叹，也许是我真的落伍了，怎么现在的年轻人，这样不可理喻的偏执呢？那个杨菲尔玛，偏要造就一个政客，一步一步进入重要岗位，成为她们那个乡村俱乐部里中产阶级的代理人，不达目的，誓不休止。这个丁丁，忧天下之所忧，当然不是坏事，但也用不着放着好好的差使不干，弄得本不是老婆的情人都跟他张目翻脸，破釜沉舟。我奇怪，生活必须这样剑拔弩张吗？为什么不能平心静气，想一个即使不能两全其美，但也不必非此即彼，趋于极端，谁也不能让一步的局面吗？

这时候，石景山就在前面不远处，炼钢厂的烟雾和那股铁腥气扑面而来，我们看到了前面路上一辆红艳艳的车，在夕阳的余晖里，耀眼的亮。

"杨菲尔玛？"

"是她！"丁丁说。

她的车，要开起来，这辆吉普是休想赶上的，显然不是我们这台老爷车出现奇迹，而是她有意开慢了在等我们。这时，我马上想，也许杨菲尔玛终究是女性，心软，让步了，这意味着转机。要不然，她就是一位老到的钓手，一会儿把上钩的鱼拉紧，一会儿又松了线溜鱼，还不知她怎么算计丁丁呢？当我们快到她身边的时候，她倒先把车停在了路边。见她下了车，走到车前，把车盖打开。我们开到她的车旁，果然，开锅了。

我糊涂了，这副标准面孔是猜不透的。如果说是她的有意安排，那也过于天衣无缝，让人不信；如果说是巧合，那也巧得太厉害，不可能在她偏偏想它出毛病的时候，果真抛锚了。

不管怎样，这是一次契机。于是，我出来打圆场，因为我从心底里认为，这两口子有点天作之合的意味，并不愿意他们拆散分开。"修车，自然是你丁丁义不容辞的事情了。"

丁丁也在后退，这使我很高兴，他不是百分之百的死性。他说：在澳大利亚，给毛利土著头领无偿开车的时候，也是先从帮他修车开始结识的。他在日本，给高田有司帮忙，也是从垃圾堆里，找了辆破车拆拆换换干起来的。

"别说废话了，小心修吧！"

"对于免费服务，老姐就不要太挑剔了。"

"我可以付钱的，如果你要——"

我不想介入两口子私底下的交谈，便走到路的另一边溜达。因为吉普车颠得我浑身骨头生疼，正想活动活动。不过，站在远处看他俩，忍不住感慨，同是两辆车，同是两个人，无论在精神上，在气势上，甚至在色彩上，在气味上，是多么不同的两个天地呀！我听不出她说些什么，虽然仍是那张标准面孔，但她的每句话，他不得不听。反过来，他偶尔抬起来说两句，她就可以心不在焉地朝别处观望。那个弯腰修车的死丁，有几个动作，譬如莫明其妙地摔扳手，譬如抽两口莫合烟又呸地吐掉，我估计他未必很痛快。不过，他能忍住，我觉得这两口子在朝好的方向发展。

这时，我走到附近的一个招手停车的公共汽车站，我发现

那是一个古怪的站名：衙门口。

"你们两个知道这是什么地方嘛？"我打断他们的谈话，招呼着，也是怕丁丁上来那股别扭劲，又闹到不可收拾的地步，还是回去慢慢解决吧！我始终相信，要是没有深仇大恨的话，大家谦让一些，没有谈不拢的事情。

他们两个人一看这个站名牌，都不由得苦笑起来，因为一对夫妻，要到衙门口谈问题，那肯定不会是好事了。于是，杨菲尔玛请我上她的车，然后对丁丁说："你可以掉头回到你的垃圾堆去，要不，你就跟我进城，何去何从，悉听君便了。"

一路上，我总琢磨衙门口这站名，对这两位不是什么好兆头。可回头看，那辆老爷吉普，一直尾随着向城里开来，我觉得我也许是多虑了。

车子一直开到他们居住的花园别墅的门廊下，她下了车，第一件事，便是把脚上的高跟鞋脱下来，交给开门出来的阿姨，让她扔进垃圾桶里去。然后，回过头来，对跳下吉普的丁丁说，那声音是亲切的："拜托了，你那身行头，最好也脱下来扔掉算了。"

丁丁也很幽默，"也许，在你看来，我也应该扔进垃圾桶。"
她笑着说："至少，暂时不会，你放心。"
丁丁回答得也很爽利，"那就谢啦！老姐！"
"也是暂时的吗？"
"不，我是永久的！"

我相信他们两个人开始明白：在这个世界上，还有什么比爱更重要的呢？爱，即使一点点，也不容易。

我现在终于体会到日本人的厉害了。

高田先生精明的目光，一下子就看出来，杨菲尔玛是这个时代春风得意的宠儿，而丁丁，则是下一个时代才有可能成为叱咤风云的人物。所以，选择了她，而不是他的老朋友，这一点，希望我能谅解。这不是他的原话，是通过翻译，嘀里嘟噜说了半天，我才明白了他这番意思的。我并没有对他的现实主义，产生什么反感，这是很自然的，他要想在中国也捞到他在日本得到的便宜，毫无疑义，他不能指望得到丁丁的任何帮助，只能依靠这位有极强活动能力的杨菲尔玛。

然而，他的话使我悟到时代与人的关系，什么样的人，在什么时代吃香，什么样的人，在什么时代倒霉，是有一定的对应规律。不过，老伴泼我的冷水："得了吧，像丁丁这样认死理，不开窍，给个棒槌就认真的主，不论哪个时代，都注定要碰壁的。"

我不那么悲观，脚踏实地的人，一步一个脚印地走下去，不一定要等到下一个时代，就会成为社会的主流力量。"他怎么不灵活，怎么不圆通，"我为丁丁辩解："他能跟杨菲尔玛进城来，就表明他懂得鱼和熊掌可以得兼的道理。按照我理解的他，那个一条道走到黑，不见黄河心不死的家伙，本来会掉头不顾，回到那座垃圾山，做他想做的事。可他没有，开着老爷车一直在后面跟着。"

"那——"老伴欲言又止。

"我知道你对那个抽莫合烟的小子，不感兴趣！"

"我在琢磨，跟回来的丁丁，还是早先那个丁丁嘛？"

"哦，天啊！"我为我那忘年交的朋友感到尴尬："死丁到底，你看不上，不做死丁，你还是看不上，真是难做人啊！"

"不是这个意思，算了算了，跟你也说不清楚。你还是看看小姐打发人送来的请柬吧！"

我不禁诧异，怎么明天九点在长城饭店，就开《东京垃圾の研究》中文版翻译出版的新闻发布会啦？

"有什么不妥当吗？"老伴看我神色有异，连忙走过来问我。

我让她仔细端详这张请柬，上面印有中英日三国文字，想必是早有准备。为什么不能事先给我打声招呼？一路上，她有空吹嘘她换了第四次的豪华轿车，顺便说一声明天开会，有什么关系呢？再说，托我为这部中文版写的序，我还没有动笔呢？

"你是不是觉得其中有一丝阴谋的气味？那个杨菲尔玛可是一个人精。"

"不不不，"我不否认有过那一瞬间的怀疑，但我想到昨晚分手时的场面，马上否决了自己的这个想法。"不可能，不可能……"于是，我把这条线索联结起来了，正像她说过的那样，

是一个两口子的磨合过程。她为什么一定死乞白赖地要把丁丁找回来呢，我明白了，就是要让他在明天的会场上，得到一个意料不到的惊喜啊！事情从这本讲垃圾的书开始，那么最好的结束，莫过于在这本书的翻译出版上画一个圆满的句号，是再合适不过的事情了。这真是一个铁娘子，铁女人，或者是铁小姐，她说到的，就一定要做到，你不是要做这个梦嘛？我就让你实现这个梦。于是，磨合好了的这两口子，联袂向观众招手，我似乎看到了一出喜剧落幕时皆大欢喜的场面。

第二天，当我走进会场的时候，绝没有想到竟是这样一个长幼咸集、群贤毕至的盛会。这是用不着替她犯愁的事，她认识半个北京城里的头面人物，另半个北京城里的头面人物，她虽然不认识，但认识她。因此，我一看签名簿，便晓得该来的几乎都来捧场了。

我先看到那个北海道钏路市一间小酒馆老板娘的情人，准确地说，是他先看到了我，便拉了一个日本留学生过来同我攀谈。很显然，在这么多出版界、新闻界、文化界、以及政要、首长、官员、和环保方面的人士中间，他受宠若惊的同时，又感到惶恐和孤独。他那副怯生生的样子，像溺水人捞着一根稻草似的握住我手不放，使我想起少年时代逃难的经验。我不晓得为什么当时的上海人，称呼日本侵略军为"萝卜头"，是不是因为外强中干的缘故？说他们一旦落单的时候，是很胆怯的，很没有武士道精神的。但只要有三个以上的皇军结群，便一定兽性发作，奸淫烧杀，三光政策，来了精神。你就看那些国会议员便知道了，只要三两个人一起哄，肯定就会有人跳出来大放厥词，否认南京大屠杀，否认慰安妇，否认侵略战争，跑去靖国神社朝拜东条英机和山本五十六。

这位义务当翻译的日本留学生，日文当然不会错，但中文实在"鸦鸦乌"，好容易才弄懂他已经把这本书，包括发行港、澳、台、东南亚的简繁字体的中文版权，交给杨菲尔玛，而且，还答应为她将要开办的生态旅游，绿色旅游，中日青年环保度假营的活动，在路线设计，在科学论证方面，提供咨询。他特地申明，这都是无偿服务。我想，她为你举办了你一生也不曾有过的出足风头的活动，她为你搞到那么多比你在日本要好听得多的头衔，那她不从你身上收回全部投资，也就不是令好多同行敬畏的杨菲尔玛了。

他请我谅解，为什么要这样做，因为，她是这个时代的宠儿，而丁丁君，对不起，也许下一个世纪——

"那么这位生不逢时的年轻人呢？"

"他来了，刚才还在这里，我们争论垃圾的集中处理问题。咦，不是在那边吗？"朝他手指的方向，在大厅的另侧，我发现丁丁站在那里。他也看到了我，便伸出了手向我示意。大厅里熙熙攘攘，尽是些或衣冠楚楚，或珠光宝气的与会者，我想，很可能杨菲尔玛把她乡村俱乐部里的豪富，都拉来助兴了吧？因为这些非文化界的来宾，每张面孔我都很陌生，但他们好像和丁丁有一面之缘，很可能因为他是他们寄予期望的明日之星吧？由于要不断地打招呼，他想往我这边靠拢，竟一时挤不过来。看他的表情，大概杨菲尔玛尚未把谜底向他揭晓，仍旧蒙在鼓里，所以，本不应是局外人的他，却无所事事，就有点不自在了。"浑小子，这是给你开的会呀！高田风光，你更有面子啊！一会儿，等着瞧热闹吧！"我真羡慕他有这样一个贤内助，虽然是加引号的妻子，在法律上只能算是事实婚姻，但她能安排得如此妥帖，老弟你不费举手之劳，便坐享其成，这种幸福，并不是每个男人都有机会得到的。

我为他高兴。

这时，小乐队奏起欢迎曲，主宾们从休息室里相继走出来，鸡尾酒会本来是比较随便的不那么官方色彩的应酬，但中国人仍旧习惯把那些生活筛子筛不下去的有体积、有分量的大个儿人物，尊让到显著位置，他们端着酒杯，也好像早演习过似的站到了应该站的地方。哈！我从这排有头有脸的人物中，发现了我的老朋友徐总，但他并没有注意到人群中的我。当我听到杨菲尔玛介绍几个主办单位的名称，其中也有徐总那个大公司时，我反而觉得他要是不来凑这个热闹，不出席这次酒会，不和杨菲尔玛站得这样靠近，倒有点不正常了。

我注意到那条很具有青春气息的领带，显得格外潇洒。

下面，自然是那位日本垃圾才子的镜头了。日本人穿西服，

优点是几乎挑不出毛病，但也很难看出着装的个性特点，高田君则尤其中规中矩，应该把丁丁送我的那套和服借他穿才是。

我不知道，为什么不由翻译这本书的丁丁，来传达他的感激之情，而由那个日本留学生，结结巴巴地转述他的写书过程？高田本想得到他在日本一炮打响的结果，就非常满足的了。没有料到这个杨菲尔玛，在这么大的会议厅里，开这么隆重盛大的特别高规格的招待会，连给他当翻译的日本留学生的舌头都打结了，生怕出岔子。而高田也有些失态，其实他没有喝酒，却像是醉了似的，前言不搭后语。因为即使他在东京红了以后，成了人物，顶多也就与什么排泄物课的课长打打交道而已，杨菲尔玛为他搬来了这么多官方、半官方的人士，那些显赫的头衔令他感到眩晕。

也许这是一种外交礼仪，才找他本国人做翻译的吧？我只能这样理解。

本来，高田在清醒的时候，很精明，在喝多了的时候，很本色，现在，他这种不醉之醉，倒弄得不尴不尬，里外不是他了。我看杨菲尔玛也不耐烦听这套味同嚼蜡的作者致词了。便对身边的徐总耳语，随即见他移步后退，向他们主宾的休息室走回去。我可以肯定，他一定为那位小姐办什么事，她有这种本事，用她的眼神，用她的脸色，甚至用嘴角的表情，完全用不着语言，去让别人做什么。她确实是高田所赞誉的那种时代的骄子，她不但主持着会议，还关照着会场的每个角落的每个人，熟悉的，不熟悉的，来往的，不来往的，都用她那带气功、带磁场的眼睛，一一地招呼着。

这时，有人在我身后，轻轻拍了一下。我回头，不是别人，正是徐总。为了不干扰别人听高田讲城市垃圾的分类，我们退到大厅后边。他直截了当地替杨菲尔玛向我道歉："就如长城的城砖上，有许多人愿意留下自己的名字一样，一件稍为像点样子的事情，必然有些人，想把自己与其实也算不得什么的荣耀，联系在一起。"

"你这话太没头没脑。"

"我只是原样传达杨小姐的话。"

"你们刚才在谈论我？"

"是的。她很抱歉，因为一位环保界的前辈，认为这本书的中文版，要作序的话，非他莫属。对这样自告奋勇的人，简直是没有什么办法挡驾的？所以——"

我正求之不得，"那太好了，本来，让我写，就有点驴唇不对马嘴。"

"你真的不介意？我跟杨小姐说过，我了解你，大人大量，才不会放在心上。"

"那你倒用不着恭维我。其实，她那次带高田来找我，我说过的，最合适为高田这本书写序的，只有一个人，那就是丁丁。"

也许因为大家正在鼓掌，而结束演讲的高田，又一个劲地致谢。地道的日本式九十度还要多些的鞠躬，不可能像鸡啄米那么痛快，每一次能拖到一分钟之久，我估计徐总没有听见，其实他受人之托，是在琢磨措辞，该怎样对我讲。甚至当主持的杨菲尔玛宣布请译者讲话的时候，我发现走到麦克风前的，不是丁丁，而是一位我不认识的人士，我还在继续为情况的突变做合理的解释，也许考虑到翻译的质量，才找到更高明的外文所的专家吧？可徐总在我耳边那句显然是字斟句酌的话，我这才听出不谐和音来。

"老先生，最好劝劝你的那位忘年交，不要沉湎在空想的社会主义，或者乌托邦里啦！"

"怎么回事？徐总！"

"他应该到我公司去报到，而不是热衷于搞什么小区垃圾的综合利用。你再好的想法，你不切合实际，你就永远是不能实现的梦。不错，国家现在为每吨垃圾付出95元人民币，拉到郊区堆放在那里，但不可能把这钱交给你，在小区建燃烧垃圾的锅炉，那就会使一大批人失业，也使那些掏垃圾的老乡丢掉饭碗。然后，就算你建成焚烧炉，你向居民收他们的每吨10元或20元的倒垃圾费，再要收他们用的热水费，看他们打不打破你的脑袋。再说，你控制住回收的纸张、玻璃、废金属，那些收破烂的人，指什么吃？我弄不懂这个丁丁是怎么啦？一门心思在垃圾上？"

我明白了，他从衙门口开着他的吉普车跟进城来，原来只是为了他的垃圾集中小区处理计划，也就是成立"吃垃圾"的新兴企业。"那他肯定是动员杨菲尔玛投资了？"

"那还用说，这位小姐说，几乎磨了一晚上嘴皮子。"

"怪不得丁丁夸杨菲尔玛做期货交易，特别富于远见，敢情要她解囊相助。"看来他还是一个不变的丁丁，是我老伴印象里那个不折不挠，走起路来咚咚咚响的丁丁了。"不消说，小姐拒绝了？"

徐总笑了："正因为她知道远景投资的风险性太大，没有绝对把握，她不会把钱往水里扔的。"

"那怎么办呢？"我想知道结果，虽然这个会开了，恐怕还只是个序幕吧？

"四个字，回头是岸。"

"否则呢？"

他没有回答，但招待会结束以后，在长城饭店门口的东三环大路上，那个以垃圾为目的，想营造一个干净世界的丁丁，和那个以垃圾为手段的日本朋友握别，和那个等待他去报到上任的徐总握别，和那个加引号的，不漂亮但绝对是神采飞扬的妻子握别，自然也是与为他铺排的那条通往殿堂的路握别……然后，走到我跟前，说："我就不必和你握手了。"

"为什么？"

"我想很可能一两天里，要把一些没处放的东西，先存在你那儿，还会见面的呀！"接着，他跳上了那辆老爷吉普，朝北驶去。不用说，这是去三家店方向最佳路线。大家都站在路边不出声地望着，一直到他消失在无数的车流里，人们仍旧在沉默着。

我就更不想再责备这个死丁了，同时，我也不想埋怨在场的其他人，每个人都有其这样做的道理，都有其可以理解的缘由，都有其不能以简单的得失成败来衡量的标准，也许，这正是生活的复杂之处。于是，我想起我朋友的朋友，那铁路员工夫妇的女儿杨菲尔玛说过的话，人和人之间，是需要有一个磨合过程的。对汽车来讲，行驶若干公里以后，车后边的那块挂着的磨合牌子，便可以摘掉了。但对人来讲，这种磨合过程，说不定有时是需要付出一生一世的事情。

那有什么法子呢？人总得活下去，总得沿他自己的路走下去。

微　澜

后来，你就离开 H 市了。

离开那天下雨，雨并不大，他没有到码头来送你。

你后来想，如果他那时来了，也许倒不可收拾，也许会使你做许多白日梦，也许，结局没准很糟。

可是继而一想，若能寻求到真正意义的幸福，又有什么值得在乎的呢？

你也诧异自己，到底还是去了，鼓起多大的勇气啊！天晓得，简直是破釜沉舟。你长这么大，还是绝无仅有的一次大胆行为。此后，你相信，你再不会有这份豪气。

你为什么去，他再清楚不过，这还用得着说么？若是能用语言来表达这微妙曲折的感情，恐怕倒索然无味了。他没有来送你，雨并不大。

每个人的性格，也许像模铸似的，形成以后再难改变。他不会来的，肯定不敢来的，果然也就没有来。你没法了，只得任这艘江轮载你走了。

你倒并不悔，因为你虽然纤弱，但还是有一点勇敢的潜质，不是终于有这次冒失的旅行？

起锚的江轮折腾了好一会，终于慢悠悠地在浊黄的江水中移动。在你的视线里，不像是这艘船在走，而是 H 市在离开你，这座小城似乎有些愧对你似的后退。这时，你才发现沿岸的垂柳软了，绿了，在蒙蒙春雨里低挂着。

你多么希望在岸边初绿的柳丛中，看到他的面孔。

人哪！也真怪！还希望个什么呢？

别了，H市，也许你不大可能再到这里来了。

你不怨他，虽然他不来送你。也许，应该来，雨并不大。

你又回到省城，你又赶往机关上班。似乎还是昨天的雨，飘飘洒洒，马路上张开了许多伞。现在，你挤在一辆无轨电车里，礼拜一，照例是格外地挤才对，加上春雨缠绵，你打叠精神准备挤的，怪异地倒松快得很，可以看到车外边马路两旁商店橱窗里摆些什么。但是，你并不看。橱窗里的商品，今天，昨天，甚至前天，大前天，好像永远是这个样子。你看那些浮动的伞，飘张的伞，看了一回，又好像以前的雨天，再以前的雨天，也是这个样子的，于是，你像别的乘客一样，毫无表情地干站着。

他不来送是对的，你原谅了他。

每个人都有只属于他的处境，要想摆脱掉已经形成的人生格局，大概也难。

无轨电车行行停停，马路狭窄，又赶上高峰。这路车你乘坐快两年了吧？自从大学毕业分配到机关，挤车便是每天的必修课。也许因为这个时间，这条线路赶着上班的不只是你一个，某站哪几张面孔下车，某站哪几张面孔挤上来，似乎依稀相识。车子要不是十分拥挤，你甚至用猜测谁该上，谁会下，来做消磨时间的游戏。譬如在白果巷，准跳上一个穿皮夹克的潇洒男子，他有时打量你一眼。譬如在三圣祠，那个长得和你一样文静的姑娘，就要下车。这一站，必然又有两个中学女生叽叽嘎嘎地拉扯着上来，一直说到下车为止。大概是一对好朋友，像你跟奚如那样亲密。譬如在贤良桥，那个带蒜臭的"诗人"准出现，诗人这称号是你暗中命名的，因他拿过波特莱尔的《恶之华》在看。这曾使你感慨命运对于自己的不厚道，诗离你那么远，远不可及了。

想不到的，他倒受到缪斯女神的赏识，对此，你除了叹息，还能怎样呢？

昨夜江轮抵达省城，已经很晚很晚，雨还在纷纷地落，不紧不慢，只是在路灯的光晕里，雨丝像飞线似的乱舞，倒多少像你那时的心境，于是你有些失悔，要么不去，要么就不必急着回返。母亲想不到半夜敲门的是你，浑身精湿。那神态休用得问，便猜出了八八九九。不过当妈的还是不放心，绕了半天弯子，总是希望知道H市之行的结果。但你觉得乏味，懒怠讲。"真的，妈，我累了！"船上吹了风，回家路上又淋了雨，你体质不算怎么健壮，现在，在电车里只能怔怔地站着。你没有做猜测谁上谁下那种游戏的精神，甚至在三牌楼，一位久不露面的老先生登上车来，也未引起你的惊讶，你以为他可能已离开人世。没想到他还健在，继续每天挤车，看样子，他病得不轻，身体愈加弱了。过去，你替他累，今天却是从他看到了自己，想到你日复一日，年复一年，挤车挤到他那把子岁数，真有点不寒而栗。

雨似乎止住了，风却很硬。

许多张开的伞收拢了，敢情连省城也绿意盎然。

不成功的礼拜天，对他，对你，都像梦一样地过去算了。

H市很小，这你能理解，一张陌生的面孔会使人惊奇，他是土生土长的本地人，因此才有那份尴尬吧？怪人，你在心里嘲笑，连一点男子汉的勇气都没有，那份紧张，多余！一个衣着光鲜、面孔佼俏的女同学来看看，也不至像做贼被捉住似的难看窘迫吧？

没想到他也只是笔下的风流，你读过他的作品，你并不觉得他多么有才气。

工间操的时候，你到底忍不住，给奚如打了个电话。她和你一样，分配在与文学毫不相干的单位工作；她也和你一样，不停地奋斗了好一阵，能挨文学近些。但她早屈从于命运的安排，包括婚姻。她管自己叫老太婆，一张嘴"我完蛋了"，每隔三两个月和丈夫歇斯底里地闹一通，她丈夫总原谅她，买许多东西哄她开心。然后又对你说："细想想，老汉也可怜见的。"两分钟后，她又变了腔调："活该，谁教他娶我。"她想不到你回来这么快，甚至怀疑你变了卦，未曾到了H市。

"你去了吗？"

"去了。"

她给你出谋划策过，去了，就多住几天。"他是你的，他原来是你的。让他知道，让他的她知道，让所有的人知道。"奚如总说："我什么事都做得出来。"其实，你太了解，她什么事也不会做，她太女人气了。"怎么当天就返回来了？"她声音里透出点诧异。她说过："我完蛋了，可我不愿意你完蛋，韵韵，我要在你身上重新设计我。"去H市，就是她的主意。

"我琢磨还是回来的好！"你早估计到会是这样的结局。

"我说过的——"

"你说过什么？奚如！"

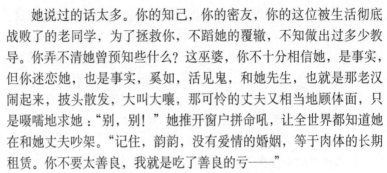

　　她说过的话太多。你的知己，你的密友，你的这位被生活彻底战败了的老同学，为了拯救你，不蹈她的覆辙，不知做出过多少教导。你弄不清她曾预知些什么？这巫婆，你不十分相信她，是事实，但你迷恋她，也是事实，奚如，活见鬼，和她先生，也就是那老汉闹起来，披头散发，大叫大嚷，那可怜的丈夫又相当地顾体面，只是嗫嚅地求她："别，别！"她推开窗户拼命吼，让全世界都知道她在和她丈夫吵架。"记住，韵韵，没有爱情的婚姻，等于肉体的长期租赁。你不要太善良，我就是吃了善良的亏——"

　　"我说过的，你别太善良，你别忘了，你给他一切一切，你——"她在电话里咆哮，震得你耳鼓咚咚响。

　　这时，办公室的同事都进屋了，便把电话挂了。

　　也许春天果真来了，坐了半辈子或一辈子机关的工作人员，喜滋滋地在黄脸皮里透出一点春色。话多了一点，不过也是重复说过的话，和昨天以前的任何一天，没有什么不同。你刚从学校分配来的时候，怎么也不习惯这像张重放的唱片似的无限反复的话题。你并不多么清高，只是考虑到自己也要在这类机关的话题中谈掉青春，谈掉盛年，谈到老，谈到死，不禁害怕，便闹腾着调动工作，总觉得抛弃文学，或被文学抛弃，有些不甘心。奚如也不喜欢她去的单位，但她的诗从来没变成铅字，闹了一阵便死心塌地了。"韵韵，跳出来，否则你的才华便会被这平庸的生活吞噬了！"你打过报告，找首长谈话，联系接受单位，你妈为你求人，结局和开始一样，也许这就是生活的真谛。你还得挤这路无轨电车，到这个机关来上班，天天听那些人在谈那些古老的话题。

　　奚如不再提工作调动了。她说她认命了。

　　你也不再提缪斯疏远了你。毁灭的天才非止你一个。

　　可他，H市的他，却戴上了青年作家的桂冠。在H市，他说："韵韵，我以为不配你的。"这也是实情。你想，在大学里，文学社领衔人物是你，省里的刊物，省作协，省里有点名气的诗人，都知道你。他那时，可怜，只有退稿。他说："我要留在省里，怕混得连你都不如。"他回到H市，在文联工作，编一本文学刊物，娶了市委一位领导家的女儿。他向奚如承认："为了文学，我什么都牺牲了。"昨天在H市，你没能见到他妻子，说是到上海搞录像带去了。他正在为出版社写一部长篇小说，大学处的爱情生活。他说这本小说中会有你，或者，你的影子。你说谢谢，他说他除了这，什么也不能做，你说你完全能理解，谁也拗不过生活。

他希望你能寻找到幸福。

你记住奚如的教诲，问他："你幸福吗？"

他说："这要看怎么个要求法了，我比较现实些。"

还是奚如的指导，一定要你问他："你有真正意义的爱么？"

他没有回答这个问题，他却说："韵韵，你要写诗，别处发不出，拿我这儿来。"说这话的时候，他把脸别过去。

你说："别处发不出的诗，我更不好意思麻烦你了。"

话题完全未能循着奚如所设计的路线进行，你本来在电话里想告诉她的，就是这一点。悲剧正在这儿，她未必多么幸福，却满有信心和把握教导你幸福。"不要走我的路，韵韵，一定要自己去寻找爱，不能像一头母牛似的，被人牵到牲口市场上，任人相看。"

先是奚如轮上的，如今是你。

慢慢地，你深感无聊而又好笑，每一次硬捏在一起，和可能成为未婚夫的人见面，那套程式也刻板似的相同。于是，产生一种错觉，这一位和那一位，前一位和后一位，几乎没有差别。要说可以，谁都可以，介绍人总要衡量再三，差别谅不太大。要说不可以，拿奚如的话说："这种买卖牲口式的婚姻，绝对的，绝对的不能忍受！"这话是她跳蹦起来，激昂慷慨地讲的。结果她还是按照这样的方式，嫁给了比她大八九岁的死了妻子再娶的这位先生，他很能疼她，她也需要疼，不过，她大概还需要别的什么，也许因为这个缘故，便隔些日子发一通火，形成周期性的病态反应。你可怜那老汉，"奚如，也别太过分了！"她说："你不懂。"你劝她："现实些吧！"她说："听着，韵韵，金玉良言，一个女人，要没有如火如荼的爱情，白活，还不如死——"

她不会死的，这你知道，甚至离婚也不会。

你还记得，你和她一齐下乡那些年里，她是怎样偷偷地走好几里夜路，和在另外一个村子插队的男同学见面，拦也拦不住。这份秘密进行的爱情，天底下只有你，她，和那个负心的人知道。你泼过冷水："奚如，那个猴里猴气的家伙，不会和你过一辈子的。"然而她没命地爱他，明知他年龄小，明知他不成才，明知他只不过玩玩而已，可还是把自己给了他，而且死也不悔。后来，那混账东西一拍屁股走了，奚如死

去活来，好几次向你表示，"失去了他简直不想活了"。

你还防过她，怕寻了短见。那时，她做得出，现在，你至多耸耸肩，她了不起在嘴上说说，绝不会有所作为。你弄不懂，现实生活磨炼得使她，使你，每迈出一步，都煞费踌躇，举措艰难。

"为什么？奚如！"你和她探讨。

她像演员那样拊胸长叹："悲剧，悲剧啊！"只要她先生出差，她就把你找去做伴。那是一位外贸工作者，经常要到国外去，一个挺好的老汉，把他和她的家，装点得像开外国商品展销会那样琳琅满目。剩下她和你，她又变成早年的她，赤脚在地毯上蹦跳，裸着身子在席梦思床上打滚，朗读波特莱尔的诗，快活得要死。但你不能提起她先生，也别夸赞这屋里的一切，要不奚如会马上泄了气，又会悲剧悲剧地长吁短叹。

有一次，你问她："到底那混账有什么吸引你的，至今念念不忘？"

"韵韵，没法子，我一见了他，心就瘫了！"

"假如——"

"假如什么？"

"假如此时此刻在屋里的，不是我，而是那混账呢？"

"不可能。"

"万一——"

她从床上一弹而起："那我情愿和他私奔，直至天涯海角。"

"得了吧！"你根本不相信她会有勇气，"即使是非常值得为之抛弃一切的情人，也未必能跨出门槛一步。奚如，我们都渐渐地有了许多约束，你信不信？"

"也许吧！"她躺倒了。

你问她："谁说来着，每个人都是他自己的敌人？"她兴致全无，话也没了。瞪着眼睛朝天花板发愣，你也随着她看天花板上的光影。"还记得不，有一回咱俩看场，秋天的夜晚，有点凉，稻草还残留着白天的余温，咱俩钻得深深的，紧挨着，数天上的星星——"

"你又做诗？"

"不，奚如，那时候我们觉得有许多许多将来，好像浩瀚的星空，宽阔无边。现在，真有一种提线木偶的感觉，一投手，一举足，都被牵制着。我大概终于也只好随便捡一个，嫁了算了。"

"NO！NO……"她一连说了好几声。"我不相信，我不走运，你也会事事不成功！"

马上就三十三了，奚如就是你的镜子。

你无法想象下去，介绍，相识，根本谈不上了解，三个月，也许半年，一年，不管你有没有爱，就必得强迫自己钻进别人体臭的被窝里去。到了这个年纪，据说都是速战速决，三下五除二解决问题的。缠绵的爱情，那是二十多岁年轻姑娘的事。您，早过了豆蔻年华，还挑挑拣拣什么？决定了吧，决定了就登记，然后就……你不敢接着追寻下去，好像有只毛茸茸的手，粗暴地探进你怀里。

奚如掉过身来盯住你——

说良心话，她真关心你，像姐姐似的希望你幸福。某种程度上说，她无法倾泻的爱，变换了形式凝注在你身上。"女人乞求得到如火如荼的爱，不属罪过，我从老汉那儿得不到这些。他以为物质上满足就够了，他老叹气，还有什么没给你买到的呢？总不称心。他哪里知道，即使他把外国买来，能填补心底的空虚么？"

"爱情，也许可遇而不可求。我大概非走你的路不可。"

"我是后悔不已，你还来得及。韵韵，我忽然想起来，你为什么不可以再考虑他？"

"哪个他？"

"H市的他呀！"

你当然不会忘记这段旧情。

"去年秋天，他路过省城去北方参加笔会，回来时给你带来过一篓红玉苹果。"

"那又怎么样？"

"为什么送你苹果而不送我，都是同学。"

你告诉她，因为你替他买的火车票。

她摇摇头："不尽然，韵韵，其实，我没猜错，他的心还始终牵系着你。"随着微微一笑："你给过他一切一切！"

"别瞎说了。"

曾经相爱过，是事实。别人以为能结鸾凤，也是事实。但结果分手了，他回H市，她留在省城，断了，淡了，便是这样一个很自然的局面。也好，也不好，难说好或不好。

"你以为他快活么？"

"至少，他在干他想干的事！"你对他的成就，并不服气，在校

143

期间，你不但最早发表作品，两首诗还被选进《大学生诗选》，全系侧目而视。可他走运，他是 H 市人，在那里人头必然很熟，在文联获得一份美差，名为编辑，大部分时间属于自己，多美，这是你羡慕的。作品，对不起，你不想太贬低他，性格往往决定一个人的走向，创作上的缺乏主见而常常追踪潮流，怕和他太注重现实不无关系，至少，与成熟还有一段距离。

那次去参加黄海笔会，你尽管眼馋，并不认为他在创作上有多大苗头。连他也承认，假如你具备这优越条件，肯定比他好。

现在检讨起来，你也不能不自责的，系里女才子这桂冠，使你有些不切实际的想法。奚如帮你参谋过，在全系男同学中筛选个遍，似乎唯有他值得做一番感情投资。他虽不十分吸引你，可也不使你讨厌。你明白，也许天底下够格的追求者很多，但你碰不上。哪怕面对面站着，也像太空里的星与星距离遥远。你只能在你这一圈里排列组合，而在人际中，你这一圈则是无数孤岛中的一个。那个穿皮夹克的青年，那个蒜臭诗人，也许没准是合格候选人，但同挤在一辆车里，却无沟通的桥梁。

你和他便这样地亲密了。

校园中的时尚，到了快毕业的那一阵，人们便焦急地择偶匹配，你和他倒疏远了。你自负了一点是有的，他，似乎比你还早地屈从于命运。似乎必须回 H 市，拗不过的。你不知道他回去很快就结了婚，若不是你还算对他理解，他不是那种轻薄性格，听到这喜讯，准会以为他以前在玩弄你的感情。

"他没对你倾吐过内心的话？他说他付出了爱情的代价，换来了事业上的成就？"奚如俯身过来，"他丝毫也没向你透露，他妻子对他不忠实，背叛了他，他后悔这匆匆忙忙的结婚？"

你问奚如这番问话是什么意思？

那天，你送他去火车站北上，还在车站广场一家咖啡厅吃了冷点。他掏的钱，当然他请客，他有稿费嘛；他问你："你还写点什么吗？"

你摇头。

"你工作还算顺心吗？"

你仍旧摇头。

接着他问："韵韵，你的白马王子呢？"

你不想在这旧日的恋人面前彻底认输，莞尔一笑，似答非答。

这时，你才悟到，女人常沉浸在一半是梦，一半是真的境界里，最怕梦碎以后，真实也存在着裂纹与罅隙，那失望才会令人懊丧。

"你三十三岁了，韵韵！"奚如戳你的额头，"让我数数你的抬头纹！"

"得啦，得啦！"你推开她。

"你应该去 H 市一次。"

"干吗？"

"也许还是你俩结合在一起好！"

"胡说，要我去做讨厌的第三者？"

"是那位副市长的女儿，夺走了你的幸福，你收回本来属于你的一切，理直气壮。"她说着说着来劲了，每逢这样的时刻，她总是一名勇敢分子。"韵韵，你一定去——"

"不行！"

"活见鬼，我没见过你这样的屦头，难道你甘心情愿嫁给一个随便拉来的男人么？你愿意把你奉献给一个你并不爱的丈夫么？像我这样，稀里糊涂地混日子？我是完蛋了，你为什么不挣扎？为什么向生活、向命运低头？"

"NO！NO！"这回轮到你说不了。

她又开始蹦跳，给你出许多主意，这也许是她挂在口头上的所谓悲剧，对于自己，她比女人还女人，方寸全乱，半步也迈不出去。她甚至央求你去，这位工于给别人出谋划策的参谋说："你一针见血，就问他幸福不？有真正的爱情不？其实，在毕业前夕，韵韵，你不端架子的话——"

你是当事人，当然比她更清楚他。即使真的以身相许他也要回 H市，没办法的。他那种成熟中的世俗成分，使你戒惧，也许男人比女人少些浪漫，都那样现实。慢慢地，你也失悔当初的计较，两三年蹉跎过去，你不禁觉得他要比任何介绍认识的候选未婚夫强得多。

奚如的煽动，使你不禁怦然心动。

你开始回想自己并不太长的一生，实在是太过于安分。有过什么大胆的行动？有过什么哪怕是出半点格的想法？细细琢磨过去，竟规矩到近乎怯懦的程度。你连奚如都不及，她至少有过一段豁出生命的爱，且不论那爱值得与否，但那爱的自身，必定是充实的。否则，决不敢在深夜通过那条白天走过也够吓人的、满是白骨孤坟的小路。

你妈妈也看出你犹豫了。咬啮着你的心的，不是寻求爱情的前

景后果，而是遗憾自己大好年华里，像平静的小溪流，连个小小的涟漪都不曾出现过。真的，你问自己，我难道不能扑腾一阵？你估计你谨小慎微的守寡多年的母亲，准害怕你越轨的行为。没料到错了，许是奚如对她讲了什么，你妈妈有一天忽然说："你愿意怎么做就怎么做吧，省得后悔终生。"她就只有你这么一个女儿，她希望你幸福。

去了，到底还是去了 H 市。

到 H 市陆路水路都通，你如同被劫持地被奚如裹挟着，拿着她买好的火车票，容不得挣脱，更不许辩解，给硬塞进车厢里，怕你逃下来——你真的不想去冒险了——守在车门口，直到列车开动才祝你此行成功，并说礼拜一到机关去替你请三天假，没有确切的承诺，不要急着回来。

你还在说不，恨不能从车窗跳到月台上。

但也从心里感激姐姐似的奚如，也许她把你当成她自己，她认命但不愿你认命，就把她对未来的憧憬和美好的向往，一股脑都寄托在你身上。这怪女人哪！一边高兴地笑着，一边簌簌地滚下泪珠，那种终于迈出去的挣脱掉什么的欣慰，在她脸上强烈地流露着，其实果真赢得爱和幸福，又与她何干？然而她愿意，她得不到，但愿别人得到。所以，后来，她的失望情绪超过了你，你觉得对不住她。

"她是好人，不过，她把生活理解得过于一厢情愿。"

在 H 市雨中的狭街上，他这样评论奚如。你听了当时很不受用，也许天气的关系。上火车同奚如分手的时候，还有薄薄的阳光，沿途菜花黄灿灿地，倒也心旷神怡了一番。但到了 H 市，便渐渐沥沥地飘洒起恼人的春雨来了。天一下子压得那样低，好像在头顶上不远。你那露出薄花呢裙外的腿，顿觉凉飕飕地不快。奚如安排好他会来接你，可迟迟不见他的影子。等了好一会来了，又缺乏那种最起码的热情，更甭说他知道你来的目的，所应该有的激动了。

按说你不坦然才对，因为你终究事属越轨。但他却先同做了被告一样，连点潇洒也似乎被雨水冲掉了。

你不喜欢他议论奚如的腔调。

你也不喜欢他给你找来的那把俗气透了的花伞，可能是他妻子的，你从生理上感到厌恶。

你更不喜欢他领你走一条正街背后的小路，莫名其妙，尽和那些挑着担子的菜农磕磕碰碰。

他一个劲地劝你撑着伞，你恼了："你是怕我被人注意么？"他倒也坦诚，苦着一副脸子："我是怕人看见我，韵韵，原谅我。"他承认这里人并不知他是作家，但知是某人女婿。

你渐渐地减了兴致，你已经听不进他的解释，他的难处，他不得不这样子的理由。他还说：人必须适应环境，而且人也的确在各种各样的环境中生活，还能活得不错。

"那你幸福么？"

他回答说："幸福的理解，每个人不尽相同。"

接着你问："你有真正意义的爱么？"

他在迷迷茫茫的雨中说："韵韵，你要写诗，别处发不出，拿我这儿来。"然后他毫无劝谕口气，只是平直地叙述着自己的经验："不自寻烦恼的唯一办法就是承认现实。我既不觉得这样很好，也不觉得这样不好。你不买葫芦么？"他停在一间门脸极小的店铺前。"H市的特产，也许只有这依样葫芦的葫芦了！"他淡淡一笑，你又不禁同情起他来。

你要了两只，他抢着付了钱。

后来，你就离开了 H 市。

后来，你也并不怎么怨恨他。虽然那天雨并不大，他是该到码头上来送送你的。

后来，你终于还是走了奚如的路，没办法……

你妈在外间屋招呼你吃点泡粥，快上班去，礼拜一车挤，她说。你在里屋给你儿子穿衣服，好让他爸顺路送到幼儿园去。孩子玩那两只葫芦，心不在焉，你就急，于是你丈夫过来帮忙，顺便还告诉你："奚如两口子又吵了个不亦乐乎，老头子临上飞机前，她大哭大闹。"

你听出你丈夫口气里的幸灾乐祸意味，好像你们俩不吵就多么幸福似的。

"还有什么？"你有些不耐烦。

"哦！有人给你寄来一部长篇小说，妈没跟你讲？"

你又挤那路无轨电车，到你那机关上班去，像过去了的许多年的每一天一样。天没有落雨，可也不晴。雨季还未过去，铅灰色的云压下来，很暗。

你什么也没想，任凭这车载你而去。

图书在版编目（CIP）数据

李国文小说/李国文著 .—— 长春：
吉林文史出版社，2014.7（2023.9重印）
（名家精品阅读）
ISBN 978-7-5472-2244-7

Ⅰ.①李… Ⅱ.①李… Ⅲ.①小说集－中国－当代
Ⅳ.①I247

中国版本图书馆CIP数据核字(2014)第143209号

名家精品阅读

李国文小说

LIGUOWENXIAOSHUO

著者/李国文
责任编辑/陈春燕
责任校对/张雪霜　封面设计/新华智品
出版发行/吉林文史出版社
地址/长春市人民大街4646号　邮编/130021
电话/0431—86037507
网址/www.jlws.com.cn
印刷/北京一鑫印务有限责任公司
版次/ 2014年9月第1版　2023年9月第5次印刷
开本/ 720mm×1000mm　1/16
印张/10　字数/ 200千字
书号/ ISBN 978-7-5472-2244-7
定价/ 45.00元